현장비평가가 뽑은 **2009**
올해의 좋은 시

현장비평가가 뽑은 **2009**

올해의 좋은 시

고형렬 구석본 권혁웅 길상호 김 언 김 참 김경미 김민정 김선우 김수우 김신용 김이듬 김태형 김행숙 김혜순 마종기 문정희 민 구 박남철 박서영
박성우 박정대 박해람 박현수 서안나 서정학 손수진 손진은 손택수 신동옥 신용목 신해욱 신현정 심보선 안상학 여태천 오 은 오탁번 우대식 유강희
윤대철 이근화 이민하 이성복 이시영 이영광 이윤학 이은규 이장욱 이제니 이준규 이진희 이하석 이현호 임현정 장무령 장석원 정윤천 정한아 정현종
조동범 조연호 조영석 조정권 진은영 최금진 최정진 최하연 하재연 함기석 함성호 허만하 황병승 황인숙

H
현대문학

현장비평가가 뽑은
'올해의 좋은 시'를 선정하고 나서

시를 읽는 사람보다 쓰는 사람이 더 많다는 자조 섞인 힐난이 들린다. 그러나 읽지도 쓰지도 않는 것보다 나쁠 수는 없다. 시를 읽는 사람이 잠재적인 시인이라면, 시를 쓰는 사람은 잠재적인 독자다. 창작과 독서의 선순환이 이뤄지도록 힘쓰면 될 일이다. 그러기 위해서 필요한 일은 '좋은 시'가 더 좋아지도록 다같이 응원하는 일이다. 합당하기만 하다면 좋은 시를 평가하는 기준은 높을수록 좋다. 예술은 우리가 밑에 깔아놓고 즐기는 것이 아니라 동경하면서 따라잡는 것이어야 한다. 반성하게 하는 것이어야 하고 새로 태어나게 하는 힘이어야 한다. 반성과 갱신은 낯선 것들과 접속할 때 가능해진다. 이 책이 그런 역할을 하게 되길 바란다. 이 책에 더러 읽기 까다로운 시들이 있지만 그것은 그런 의미에서 불가피한 일이고 어떤

면에서는 이 책의 장점에 가깝다.

2008년 6월부터 2009년 5월까지 1년여 동안 발표된 작품들을 대상으로 좋은 시를 선별했다. 주요 월간지 및 계간지들을 망라해 읽고 세 사람의 선정위원이 각각 수십 편에 달하는 작품들을 골라 냈다. 각자의 미학적 기준에 따라 작품들을 선정했고 그 덕분에 자연스럽게 특정 세대와 성향에 편중되지 않은 추천작 목록이 만들어졌다. 이를 놓고 다시 세 사람이 오랜 시간 토론해서 지금과 같은 형태의 책을 만들었다. 가급적이면 개인 시집이나 기타 앤솔러지에 묶인 적이 없는 작품들을 수록해서 독자들의 선택의 폭을 넓히려고 했다. 마침 신작 시집을 최근에 출간한 몇몇 뛰어난 시인들의 작품이 누락된 것은 그 때문이다. 그 점이 아쉽긴 하나, 이만하면 지난 1년간 한국시가 만들어낸 진품들이 잘 갈무리된 것이라고 믿는다.

파스칼 키냐르의 문장을 옮긴다. "다음 여덟 가지가 사랑의 결과이다. 사랑은 심장을 빨리 뛰게 하고, 고통을 진정시키고, 죽음을 떼어놓고, 사랑과 관련되지 않는 관계들을 해체하고, 낮을 증가시키고, 밤을 단축시키며, 영혼을 대담하게 만들고, 태양을 빛나게 한다. 이러한 것들은 정열적인 사랑의 효과이다."(『은밀한 생』) 시에 대해 말하자면, 이렇게 바꿔 적을 수 있다. "다음 여덟 가지가 좋은 시의 결과이다. 좋은 시는 심장을 빨리 뛰게 하고, 고통을 더 고통스럽게 하고, 죽음과 들러붙게 하고, 권위적이고 관습적인 언어들을 해체하고, 낮섦을 증가시키고, 익숙함을 단축시키며, 영혼의 비밀을 소중하게 만들고, 모국어를 빛나게 한다. 이러한 것들은 좋은 시의 효과이다." 어찌 여덟 가지뿐이겠는가. 이 책이 그 증거다.

2009년 7월

선정위원 | 김사인 · 이혜원 · 신형철

현장비평가 뽑은 **2009**
올해의 좋은 시

차례

나는 에르덴 조 사원에 없다

고 형 렬

나는 지금 에르덴 조 사원에 없다
이 문장은 성립하지 않고 시상이 전개되지 않는다
나는 지금 에르덴 조 사원에 없다는 말은
상상할 수 없는 걸 상상하므로 항상 제기되는 문제다
그러나 나는 에르덴 조 사원에 있다
증명할 길이 없지만 나는 지금 에르덴 조 사원에 있다
에르덴 조 사원에서 에르덴 조 사원을 생각하거나
나는 지금 에르덴 조 사원에 없다고 생각하는 사람을
생각하려다가 생각을 못하고 놓친다
그들은 먼 나의 생각 사이를 교묘하게 빠져나간다
문장 성립은 둘째 치고 나는 늘 이렇다
나는 이 사유 자체의 어려움에서 벗어나지 못한다
나는 에르덴 조 사원에 없다는 말이 꼭 성립돼야 하는가
길을 가면서, 나는 혼자, 그 생각에 골몰한다
분명하게 말해서 나는 지금
에르덴 조 사원이 있는 것처럼 에르덴 조 사원에 있다
그래 에르덴 조 사원에 내가 있다는 것은
에르덴 조 사원이 없다는 것과 진배없다
나에게 에르덴 조 사원이 있다는 것은 에르엔 조 사원이

없다는 것과 동급의 문제로 제기될 수 있다
문제될 일이 아무것도 없다는 사실에 문제가 발생한다
허나 에르덴 조 사원에 없는 내가 너무나 고독하다
음률을 맞추며 고통스러워하는 자의 행보
왜 나는 에르덴 조 사원에 없는 나를 생각하고 있는가
나는 이 문장을 떠올리면 슬퍼진다
에르덴 조 사원에 없는 나는 어디를 헤매고 있는지
그런데 그대여 왜 그대는 에르덴 조 사원엔 없는 건가
나는 지금, 그때, 에르덴 조 사원에 머물고 있어라
나는 정처가 없어서 나무처럼 외로워 보인다
나 없는 사막 입구의 산처럼 나는 하늘을 쳐다본다
에르덴 조 사원의 하늘에 나타난 눈부신 구름처럼
나는 말을 하지 못하고 있는 것이다

고형렬의 시들은 읽기가 수월치 않다. 그의 시적 사유가 익숙한 회로를 답습하지 않기 때문이다.

이 시는 대체 무엇을 시도하고 있는 것일까. 마치 시인은 모순율이나 배중률의 한계를 일종의 위상수학적 사유로 넘어서려는 듯이 보인다. 뫼비우스 띠의 안과 밖이 이어져 있듯이, '있음有과 없음無'의, '임是과 안-임非'의 대척적이거나 상호배제적인 명제들이 실은 한몸임을 그는 '시 쓰고자' 하는 것처럼 보인다. "나는 지금 에르덴 조 사원에 없다/이 문장은 성립하지 않고 시상이 전개되지 않는다"로 시작한 그의 사유는 "……없다는 말은/상상할 수 없는 걸 상상하"는 일, 그래서 "나는 지금 에르덴 조 사원에 없다고 생각하는 사람을/생각하려다가 생각을 못하고 놓친다"를 지나, "그래 에르덴 조 사원에 내가 있다는 것은/에르덴 조 사원이 없다는 것과 진배없다"는 난감한 곡예와 착종을 거쳐, "허나 에르덴 조 사원에 없는 내가 너무나 고독하다" "에르덴 조 사원에 없는 나는 어디를 헤매고 있는지"의 환상통幻想痛에까지 나아가는 것이다. 에르덴 조 사원에 있는 내가 에르덴 조 사원에 없는 나를 염려하고 그리워하는 것이다.

우리는 왜 여기에 있고 저기에 없단 말인가, 나는 왜 나이고 너이지 않단 말인가, 이상하고 또 이상한 일 아닌가. 시인이 고통스레 묻는 것은 그런 것이 아닐까. 그러므로 시인은 '말을 하지 못하고' 유령이 되어 떠돌고 있을 '아닌 나'를, '없는 나'를, 너-나를, 그-나를, 구름-나를, 옛 나를, 장차의 나를, 아파하는 것이 아닐까.

고 형 렬

1954년 강원 속초 출생.
1979년 『현대문학』 등단.
시집 『대청봉大靑峯 수박밭』 『해청海靑』 『성에꽃 눈부처』 『김포 운호가든집에서』 『밤 미시령』 등.

거울

구 석 본

그가 거울을 본다
거울 속에 한 남자가 죽어 있다
죽은 남자가 웃는다 '웃음'이 죽었다
'좋은 아침'이라고 죽는 남자가 말하자
'좋은 아침'이 죽었다
남자는 '웃음'과 '좋은 아침'의 죽음을 보지 못한 채
붉은색 넥타이를 매고 향수를 뿌리고
로션을 가볍게 바르고는 다시 웃는다
웃음이 두 번 죽지만 남자는 여전히 보지 못한다
이번에는 휘파람을 분다
휘파람이 핑그르 돌다가 죽어버린다
남자는 쌓이고 쌓인
그들의 죽음을, 남자의 죽음을, 오늘의 죽음을,
끝내 보지 못한 채 떠난다
남자가 떠난 후,
시취屍臭가 향수처럼 한동안 맴돌다가 사라지자
비로소 거울 속에는 복제된 어제의 풍경들이
속속 살아나기 시작했다

거울을 보는 한 남자가 있다. 아마도 출근을 준비하는 듯. "거울 속에 한 남자가 죽어 있다"고 이어서 씌어져 있다. 어떤 흥분도 없이 담담한 어조. 그런데 그 "남자는 쌓이고 쌓인/그들의 죽음을, 남자의 죽음을, 오늘의 죽음을,/끝내 보지 못한 채 떠난다". 그는 자신이 죽은 자임을 알지 못한 채 "붉은색 넥타이를 매고 향수를 뿌리고" 휘파람을 불며 출근한다. 거울 앞에서 죽은 그가 행하는 모든 것들은 죽음에 속한다. 자신이 죽었음을 자각하지 못하는 것보다 더 확실한 죽음이 어디 있겠는가.

기계의 부품처럼 작동하는 대다수 오늘의 삶을 이 시는 '죽음'으로 파악하고 있는 듯하나, 남자에게 단호히 죽음이 선고되는 배경에 대해 따로 제시하는 바는 없다. 오히려 넥타이를 매고 로션을 바르고 출근하는, 출근하며 '좋은 아침'이라고 인사를 건네는, 바로 그 때문에 그는 죽은 사람인 거라고 읽는 편이 나을 듯도 하다. 자의식도 긍지도 없이, 시취를 풍기는 '그=우리'가 곧 좀비가 아니겠는가.

하기야 거울 앞의 나와 거울 속의 나 사이에도 미세한 시차가 있다. 거울을 통해 우리는 언제나 미세한 과거를 보는 것이니, 그 역시 이미 흘러간, 죽은 나일 수도.

구 석 본
1949년 경북 칠곡 출생.
1975년 『시문학』 등단.
시집 『지상의 그리운 섬』 『노을 앞에 서면 땅끝이 보인다』 『쓸쓸함에 관해서』.

흘수선吃水線 앞에서

매어둔 뱃머리처럼 숙인 고개를 끄덕이고 있었어
생각이 많다는 건 '말 더듬을 흘吃' 자처럼 입으로 구걸하는 것
너도 한 번 해봐, 율문으로 부탁의 말을 적어봐
기도를 타고 올라오는 기도문들이 다 그렇지만
연통을 내기 위해 뜯어낸 방충망 자리처럼 머릿속이 깨끗해질 거야
아무래도 이번 삶은 버렸어 텅 비었어, 라고 말하며
소금물을 끼얹는 저 조석간만 앞에서
나는 얼굴로 수면을 문대며 왔어 여기가 애통하는 자리는 아니지만
저 수위에는 내가 보탠 게 있어, 라고 대꾸하는 일
운우지정雲雨之情이라니, 이부자리가 그렇게 축축해서야 되겠어?
젓가락장단을 받아내느라 홈이 파인 탁자가
자기도 모르게 흘린 술을 아래로 떨구듯
우리의 배반이 낭자해지듯
설거지할 틈도 없이 행주 잡은 손이 휘휘 저으며
돌려세울 틈도 없이 그래, 출렁이며 더듬으며
너는 흘수선 밖으로 걸어나간 거야

흘수선吃水線이라는 단어를 국어사전에서 찾아봤습니다. "배가 물 위에 떠 있을 때 배와 물이 접하는, 경계가 되는 선." 그런데 저 단어에 '말 더듬을 흘吃' 자가 끼어 있는 게 이상하네요. 그러나 이상한 것에서 시적인 것을 건져올리는 것은 시인들의 특기. 배가 물 위에서 찰랑거릴 때 그 배는 어쩌면 말을 더듬고 있는 것일까. 그러니까 내가 그대 위에서 찰랑거리며 말을 더듬을 때처럼? 다시 그러고 보니, '말 더듬을 흘吃'은 '입 구口'와 '빌 걸乞'의 결합. 그러니까 말을 더듬는다는 것은 입으로 비는 것이군요. 내가 그대 앞에서 말을 더듬을 때 그건 내가 그대에게 빌고 싶은 게 있다는 것? 자, 이쯤 되면 시 한 편 써볼 만합니다. 찰랑거리면서 잉잉대는 연애시 한 편. 거기에다가, 찰랑거리면서 잉잉댈 때 썩 효과적인 황지우의 발성법을 가동시켜보면 어떨까. 자, 한번 써보세요. 왼쪽에 있는 시보다 잘 쓰기 쉽지 않을 겁니다.

권 혁 웅
1967년 충주 출생.
1997년 『문예중앙』 등단.
시집 『황금나무 아래서』 『마징가 계보학』 『그 얼굴에 입술을 대다』.

벽돌공장 그녀는

길 상 호

모래 속에 사는 물고기
세상 뭐 볼 게 있냐고
질끈 아래 위 눈썹 지퍼를 채우고
모래 씹으며 사는 물고기
물살의 부드러운 손길도 잊은 지 오래
푸른 물풀의 손짓도 잊은 지 오래
성긴 아가미로 시간을 걸러
사각틀에 꾹꾹 다져넣다 보면
수북이 쌓여가는 모래벽돌
건들기만 해도 허물어질 몸으로
단단한 집 한번 지어보겠다고
지느러미 쉬지 않는 물고기
몸에 박힌 모래알갱이
햇빛 아래 반짝이는 비늘이라고
애써 흔들리는 웃음 지어보지만
낮잠 시간이 되면 아무 데서나
무게를 못 이기고 스르륵
모래더미로 내려앉는 물고기

해설　이혜원

　모래 속에 사는 물고기처럼 고단하고 쓰린 생을 사는 여자가 있다. 세상을 향한 문을 닫고 오로지 모래벽돌을 쌓아올리기만 한다. 눈을 뜨면 쏟아져들어오는 모래처럼 세상살이는 따끔거리고 아프다. 그런 모래알로 모래벽돌을 쌓아 단단한 집을 짓겠다는 그녀의 꿈은 고통 속에서 희망을 찾아가는 삶의 아이러니와 상통한다. 몸으로 파고드는 모래를 햇빛 아래 반짝이는 비늘이라고 애써 위무하는 그녀의 웃음은 애처롭기만 하다. 자신의 희망이나 의지와는 달리 잦아드는 그녀의 몸을 시인은 외면하지 않는다. 애틋한 꿈보다 고단한 삶을 직시하는 건조한 눈길이 오히려 살뜰해 보인다.

길 상 호
1973년 충남 논산 출생.
2001년 『한국일보』 등단.
시집 『오동나무 안에 잠들다』 『모르는 척』.

일을 찾아서

김 언

일을 하지 않는 소년이 찾아와서 일을 시켜달라고 말했다.
나도 일이 없는데…… 그래서 우리는 일을 찾아나섰다.

우리는 일이 많은 사람을 찾아가서 일을 부탁했다.
일이 너무 많아서 그의 대답은 언제나 나중에
나중에, 라는 말만 되풀이했다.

우리는 나중에 만나기로 했다.
우리가 할 수 있는 일은 언제나 나중에 있었다.
나중에 생긴 일을 찾아가면 벌써 그것은
권태에 찌든 남의 손에 있었다.

이게 우리 일일까? 내가 말했다.
저게 우리 일일까? 소년이 말했다.
이 모든 게 우리 일이 아닐지도 몰라.
내가 한숨을 지었고 소년은 한숨을 받아먹고
조금 더 뜨겁게 내뱉었다.

우리보다 일이 없는 사람을 찾아가 보자.

소년이 나의 등을 떠밀며 데리고 간 곳에
일없이 먹고 자고 노는 사람들은 없었다.

사람들이 없었다.
나무도 없었고 풀밭도 없었으며
귀뚜라미 소리가 한창인 나의 어린 시절을 닮은
집도 없었다. 시멘트 공장 근처에 있던 그 집은
어느 날 포클레인이 와서 데리고 갔다.

엄마는 시멘트 공장에 일을 나가셨어.
아빠는 그럼 어디 있어? 시멘트 공장에 나가셨어.
한 사람은 주임이고 한 사람은 경리야.
둘 다 일하다가 만났지.

내가 태어난 곳도 시멘트 공장 근처야.
레미콘 트럭이 먼지를 뿜으며 달리는 곳에서
동생이 태어나고 엄마는 먼지가 하나 더 생긴 기분이야.
먼지가 얼마나 많은지 먼지 속에서 매일 일이 생겨.

나는 걸레를 쥐어짜다 말고 소년을 데리고
나갔다. 소년의 집은 멀고 먼 곳
오늘은 여기서 묵고 내일은 또 어떤 사람의
집에서 가출할 것인지 고민하는 것.
이것도 일이라면 우리가 해야겠지.

먼지가 좋아 트럭 뒷바퀴의 먼지를 따라간
동생도 일없이 돌아와서 울상을 지었다.

먼지보다 너무 커버렸대. 그러니까
우리가 여기 있지. 가출하고 돌아오면
먼지가 수북한 천막으로 지은 집
엄마도 아빠도 모두 일 나가고 없는 방에서
동생의 하얀 뼛가루가 굴러다녔다.
누가 죽은 모양이군. 일 마치고 돌아온 아빠가
일 마치고 돌아온 엄마에게 물었다.
이 걸레 누가 빨아다 놨어?

내가 했어요. 내가 그 일을 하러 왔어요.
소년은 꿈에도 그리던 그 말을 하고 싶었다.
얼마를 주실 건지 묻고 싶었다. 내 손이 허전한 것도 모르고.

　그들은 일하고 싶다. 그러나 일이 너무 많은 사람은 일이 너무 많아서 일 없는 그들을 챙겨줄 수 없고, 일이 없는 사람들은 어떤 일이건 구해서 해야 하기 때문에 일이 없어도 일 없이 먹고 자고 놀 수가 없어서 역시 그들을 챙겨줄 수가 없다. 그래서 그들은 집에 돌아와, 다만 집을 나갔다 다시 들어오는 일을 반복한다. 그러니까 가출이 그들의 일. "이것도 일이라면 우리가 해야겠지." 그런데 이상하다. 아무도 그들을 보지 못한다. "이 걸레 누가 빨아다 놨어?" 태어날 때부터 "먼지"였던 아이들은 이제 자라서 유령이 되어버렸는가. 기묘하고 쓸쓸한 이야기. 어쩌면, 우리 시대의 우화.

김 언
1973년 부산 출생.
1998년『시와사상』등단.
시집『숨쉬는 무덤』『거인』.

그림벽지로 도배된 방

나는 그림을 그린다. 크고 작은 그림벽지로 도배된 방을 그린다. 그림벽지로 도배된 방 식탁 앞에서 밥을 먹는 여자를 그린다. 그녀는 밥을 먹다 말고 벽지의 그림들을 본다. 그녀의 시선은 검은 잠자리들이 날아다니는 그림에 고정된다. 냇가를 날아다니는 잠자리는 눈이며 날개 꼬리까지 온통 검은빛이다. 잠자리는 날렵한 몸매를 자랑하며 두세 마리씩 짝지어 커다란 후박나무가 그늘을 드리운 냇가에서 날개를 젓는다. 그녀는 다시 밥을 먹는다. 나는 그녀가 앉은 의자에 검은 잠자리들을 그려넣는다. 검은 체크무늬 식탁보 위에도 검은 꽃병 두 개를 그려넣는다. 큰 꽃병엔 후박꽃 두 송이를 작은 꽃병엔 검은 잠자리 세 마리를 그려넣는다. 내가 그림을 그리는 동안에도 그녀는 자꾸 벽지에 그려진 그림을 본다. 그녀는 내가 그려놓은 그림에 관심이 많은 모양이다. 밥을 먹다 말고 그녀는 숟가락을 놓는다. 그림벽지에 내가 그려놓은 녹색 대문을 열고 그녀는 그림 속으로 들어간다. 검은 잠자리들이 그녀의 머리 위를 맴돌며 천천히 날개를 젓는다.

나는 그림들로 도배된 방 안의 식탁 앞에 나무의자 하나를 새로 그린다. 밥을 먹는 창백한 얼굴의 여자를 다시 그려넣는다. 벽에 걸린 거울에 비친 크고 작은 꽃병 두 개를 그려넣는다. 검은 잠자리가 날아다니는 냇가를 돌아다니는 창백한 여자의 얼굴을 내 그림 속 작은 거울에 그려넣는다. 그녀는 그림 속으로 들어가 나올 생각을 하지 않는다. 새로 그려넣은 여자는 밥을 먹다 말고 강가 돌밭에 드리워진 꽃나무 그늘에서 하얀 고양이 세 마리가 잠자는 그림을 본다. 그녀는 고개를 돌려 파란 조약돌 빛나는 외딴 강가에서 꾸벅꾸벅 조는 하얀 고양이 머리를 쓰다듬으며 꽃나무에서 졸고 있는 또 다른 고양이를 바라보는 창백한 얼굴의 여자가 그려진 그림을 본다. 그녀는 다시 창백한 얼굴의 여자가 흐르는 물에 발 담그고 물속을 돌아다니는 파란 물고기들을 바라보는 그림을 본다. 그녀의 머리 위에 내가 그려넣은 검은 잠자리들을 본다.

그녀는 고개를 돌려 벽에 걸린 그림을 바라보는 창백한 얼굴의 여자가 있는 그림을 본다. 그녀는 깜짝 놀란다. 그림 속의 여자는 그녀와 똑같은 얼굴이다. 그녀는 숟가락을 놓고 의자에서 일어나 내가 그린 그림 속으로 들어간다. 나는 그림벽지를 비추는 여러 개의 거울들을 차례로 그려넣는다. 창백한 얼굴의 여자가 밥을 먹다 말고 그림벽지에 그려진 그림을 바라보다가 마침내 내가 그린 그림 속으로 들어가는 그림을 그림벽지로 도배된 방 안에 걸린 거울 위에 하나씩 그려넣는다. 그림 속으로 들어간 창백한 얼굴의 여자들이 식은땀을 흘리며 냇가를 벗어날 때까지 검은 잠자리들이 이상한 춤을 멈추지 않는 그림을 그려넣는다. 나는 식탁 앞에 앉아 밥을 먹는 창백한 얼굴의 여자를 그림벽지로 도배된 방 안에 다시 그려넣는다. 밥을 먹던 여자는 고개를 들어 검은 잠자리들을 올려다보는 창백한 얼굴의 여자가 있는 그림을 본다. 어쩜 저토록 검은빛일까. 여자는 그렇게 짙은 검은빛을 본 적이 없다. 여자는 보리밭 따라 불어온 미지근한 바람 타고 검은 잠자리들이 죽음의 사자처럼 몰려오는 것을 멍하니 쳐다 본다.

　　두 가지 발상이 이 시를 끌고 간다. 첫째, 그림 속의 그림 속의 그림…… 이라는 설정. 내가 그린 그림 속의 꽃병에 또 다른 그림을 그려넣고, 내가 그린 그림 속의 거울에 또 다른 그림을 그려넣는다. 반영의 놀이. 둘째, 그림 속의 인물과 오브제들이 살아 움직인다는 설정. 내가 그린 그림 속의 그녀가 그림 속의 또 다른 그녀를 바라보고, 살아 움직이는 다른 오브제들을 바라보고, 그림 안의 그녀가 녹색 문을 열고 '안의 안'으로 들어간다. 애니메이션의 상상력. 이런 발상들이라면 이 시는 끝도 없이 계속될 수 있을 것이다. 그러나 이 시는 3연에서 적절하게 멈춘다. 그림 속에서 살아 움직이는 그녀가 그림 속의 그림을 직접 그리게 되는 장면이 앞에서 말한 두 가지 발상의 귀결이다. 이제 그림은 그림을 그리는 '나'로부터 독립해서 생명을 얻어 자가-증식할 것이다. 보르헤스가 그림을 그리면 이런 식일까. 매혹적이다.

김 참
1973년 경남 삼천포 출생.
1995년 『문학사상』 등단.
시집 『시간이 멈추자 나는 날았다』 『미로 여행』 『그림자들』.

어떤 여름 저녁에

김 경 미

한여름, 선풍기에서 나오는 약풍 혹은 미풍이란 글자
처음 사랑의 편지 받았던 촉감일 때 있다

크게 속상하고 지친 울음 거두고 마악 여는 문
경첩에서 흰 바다 갈매기들 바닷물 닿을 듯 낮게
마중 나올 때 있다

극도로 줄이거나 높인 음악 소리 속
가본 기억 없는 모로코사막의 터번 두른 낙타
눈 아픈 모래바람 앞서 가려줄 때 있다

유리창 너머 시원한 액자 속 흰 양떼구름들
살아 움직이는 활동사진처럼
갈래머리 계집아이의 어린 설레임 되감아줄 때 있다

어떤 여름 저녁,
그 모든 것들 한꺼번에 밀려나와
더위보다 큰 녹색 수박의 무수한 조각배들
잊을 수 없는

석양의 출항을 시작할 때가 있다.

해 설 이혜원

　김경미의 시에서 기억과 감각의 조응은 기분 좋을 만큼 탄력적이다. 이 시에서도 여름과 관련된 사랑과 절망과 고통과 설렘의 다양한 기억들이 약동하는 이미지들로 재현된다. 첫사랑을 연상시키는 선풍기의 약풍 혹은 미풍, 울면서 열어젖힌 방문 경첩의 바다 갈매기 문양, 음악 소리와 함께 떠올린 낙타와 모래바람, 어린 시절의 기억 속에 생생한 양떼구름 등, 시인이 떠올리는 여름의 이미지는 아름답고 풍성하다. 상상하는 힘이 우리를 위로하고 설레게 한다. 그것은 또한 유쾌하기 그지없다. "더위보다 큰 녹색 수박의 무수한 조각배"를 상상하는 순간 더위는 사라지고 출항의 기대가 들어찬다. 우리의 기억 곳곳에 깃들어 있는 여름의 표상들을 자극하는 경쾌한 시이다.

김 경 미
1959년 경기 부천 출생.
1983년 『중앙일보』 등단.
시집 『쓰다 만 편지인들 다시 못 쓰랴』 『이기적인 슬픔들을 위하여』
『쥣, 나의 세컨드는』 『고통을 달래는 순서』 등.

그녀의 동물은 질겨

김 민 정

1

여자에게 고민이란 바로 이런 것
왜 나의 不感은 感이 되지 않는 걸까
이렇게 쉽게 펑, 젖으면서도 말이지
왜 나의 방귀는 도통 멈추지 않는 걸까
이렇게 거식증 환자가 되어서도 말이지

2

엄마가 도끼로 책상 서랍을 찍을 때
그 아래 그저 졸고만 있던 여자가 있었다
서랍 속에서 끄집어낸 검은 봉지 수십 개가 찢어발겨졌고,
피에 젖은 채 돌돌 말린 수백 개의 생리대마다
아름답다, 빨간 리본이 묶여 있었다
성탄절 소나무에 오너먼트로 쓰면 예쁠 것 같아서
기쁘다 구주 오셨으니까
이는 나의 거룩한 동정,
메리 크리스마스야

3

위에서 아래로가 아니라
아래서 위로만 밑을 닦는 여자가 있었다
모두가 똥을 누고 살지마는
모두가 똥을 누지 않는 얼굴로 살지마는
꼭 그렇게 밑 닦은 휴지를 펼쳐 보여야만
딸꾹질이 가시는 저 신경과민의 여자에게
거기 털을 한움큼 잡아뜯어 잘근잘근 씹는 남자,
사랑이야

4

아버지가 곧 죽는다 하였는데
옷 투정하다 끝내 임종을 못 지킨 여자가 있었다
그렇게 매일 입을 옷이 없어
발가벗은 채로 약속장소에 나가 있던 그녀였다
그러니 누가 여자에게 돌을 던질까 하였거늘
헤어진 애인은 냅다 여자의 옷장에다 불을 질렀다
옷장 가득 내가 사준 옷들 활활 잘 타라고
이로써 여자는 더욱 확고해졌다
씹새야

5

배불러, 배불러 부른 배를 두드리면
배 깎아드릴까요, 나주배를 사러 가던

가끔은, 그렇게도 귀엽던 한 여자가 있었다
물론 그 길로 집을 나가
여태 돌아올 줄 모르지만
여보세요, 여보세요 하다 여보가 된 사연
어디 한둘일까 세상 많은 여보들로
우린 모두 일촌이니 부디
걱정 마

　다음 두 문장이 뼈대다. "여자에게 고민이란 바로 이런 것"임을 보여주고, "그러니 누가 여자에게 돌을 던질까"라고 반문하기. 고민들은 많다. 불감증을 둘러싼 고민, 피 묻은 생리대를 아름답다고 믿으면 도끼질을 당해야 하는 수난, 밑 닦은 휴지와 관련된 신경과민, 아버지의 죽음으로 생긴 트라우마와 그로 인한 이상행동을 이해 받지 못하는 고통, 행방불명이 된 "귀엽던 한 여자"에 대한 걱정과 기원 등등. 포인트는 세 가지. 첫째, 일상적인 것들에서 찾아낸 것들임에도 한 번 읽으면 잊기 어려운 생생한 에피소드들. 둘째, 음담과 욕설과 유머를 종횡무진하는, 일찍이 우리가 만나본 적 없는 저 자유분방한 화법. 셋째, 언뜻 좌충우돌하는 듯 보이면서도 끝내 독자에게 전달되고야 마는 끈끈한 진정성. 자, 결론. 진지한 것과 고리타분한 것을 구별 못하는 이들에게 김민정의 시는 가끔씩 맞아줘야 하는 백신이라는 것.

김 민 정
1976년 인천 출생.
1999년 『문예중앙』 등단.
시집 『날으는 고슴도치 아가씨』.

그림자의 키를 재다

김 선 우

마흐무드 다르위시가 죽었다. 팔월이었다.
나는 일기장을 펼치고 이렇게 썼다.
"하나의 유랑이 끝나고 또 다른 유랑이 시작되었다."
그는 다시 올 것이다. 그런데 어디로? 또다시 이스라엘 지배하의 팔레스타인으로?
오, 이런! 나는 다시 일기장을 펼치고 이렇게 썼다.
"팔월에 그는 돌아갔다. 유월에 다시 오기 위하여."

죽는 순간 아주 살짝,
키가 준다고 생각하는 부족이 있다

안녕히! 나는 찢어진 당신 그림자에 인사한다
심장에 흰 제비꽃 무덤이 돋은 나를
내 그림자는 알고 있고
풀 무덤의 무게만큼 가벼워진 그림자를 나는 사랑한다
그러니 안녕히! 당신 그림자의 키를 잰 최초의 여름이
풀꽃처럼 웃으며 지나가는 저녁이다

찢어진 그림자가 사뿐히 공중에 떠오른다
가벼워진 당신 그림자에 드리는 첫 입맞춤,
걱정 말아요 아주 살짝, 키가 주는 것일 뿐

당신은 잘 싸웠어요
잘 사랑했어요
쉼표처럼,
살짝 키가 주는 것
쉼표처럼,
살짝 쉬는 것

팔월에 그는 돌아갔다
유월에 다시 오기 위하여

시작에 지나지 않는다 끝은
최초에 지나지 않는 최후의 그림자가
떨어진 조그만 흰 꽃으로 정성들여 입술을 닦았다

  이 시는 팔레스타인의 저항시인 마흐무드 다르위시의 죽음에 촉발되어 씌어졌다. "유랑이 없다면, 나는 누구란 말인가?"라 할 정도로 평생을 유랑했던 시인에게 죽음은 또 다른 유랑의 시작일까? 그가 다시 돌아오는 자리는 이스라엘 지배하의 팔레스타인이어서는 안 될 것이다. 그래서 시인은 "팔월에 그는 돌아갔다/유월에 다시 오기 위하여"라고 쓴다. '희망이라는 불치의 병'을 앓았던 다르위시는 "우리의 조국은 친구여, 황폐한 나라가 아니라네/때가 되면 모든 나라는 새로 태어나고/모든 전사戰士는 새벽을 맞이하게 되는 것이니"(「희망에 대하여」)라고 노래하였다. 식민지시대 우리 시인들의 강하고 아름다운 시들이 연상된다. "우리들의 노래는 아직도/겨누기만 하면 검이 된다/그대는 밀처럼 충직하다/우리들의 노래는 아직도/심기만 하면 거름이 된다"(「팔레스타인에서 온 연인」)는 그의 시처럼 힘이 되는, 생명이 되는 시들이 있다. 김선우의 시는 팔레스타인의 희망과 양심이었던 다르위시에 대한 애도사이자 시대의 아픔을 끌어안고 희망의 불씨가 되려 하는 '시'에 대한 송가이다.

김 선 우
1970년 강원 강릉 출생.
1996년 『창작과비평』 등단.
시집 『내 혀가 입 속에 갇혀 있길 거부한다면』『도화 아래 잠들다』
『내 몸속에 잠든 이 누구신가』 등.

붉은 겨울

김 수 우

거대한 등들이 너울거립니다

포장마차 붉은 천막
국물과 소주잔을 놓고 앉은 영혼이 풀럭댑니다
자정 넘도록
혼불처럼 울렁이는 깊은 산마루들

오래된 사랑은 늘어난 빚돈만큼 아득하고
처음 꾸는 꿈은 수취인 불명만큼 서러워

문득문득 오래된 것들이 처음처럼 돌아오는 바람 속
거대한 등을 가진, 꽃잎만 한 아비들

하늘 끝에서도 잘 보이는 紅燈입니다
먼 데서 바라볼수록 살아, 깜박이는 한 송이 산나리

아침이면
우주를 전파상처럼 운영하기 위해 온몸으로 울어야 할
유난히 붉은, 주전자 같은 등들이

너울거립니다

　이 시에는 두 가지 등이 등장한다. 겨울 포장마차를 밝히는 붉은 등과 포장
마차에 쭈그리고 앉아 있는 아버지의 등이 그것이다. 초라하기 그지없는 아
버지의 등을 포장마차의 붉은 천막이 감싸고 있고, 흔들리는 포장마차를 깊
은 산마루들이 감싸고 있다. 아버지의 영혼은 풀럭대고, 포장마차의 등들은
너울대고, 산마루들은 혼불처럼 울렁인다. 소외된 위태로운 존재들이 서로를
감싸고 있는 애잔한 풍경이다. 그곳에서 꽃잎 같은 연약한 아비들이 술잔을
기울이며 위로를 받는다. 아침이면 자신의 등에 우주와 맞먹는 생활의 무게
를 지고 다시 가야 할 아비들. 마지막 장면에서, 거대해야만 하는 그들의 등
과 그들을 감쌌던 포장마차의 등은 자연스럽게 오버랩된다. 잔뜩 구부러진
등으로 생활을 밝히는 등이 되기 때문이다.

김 수 우
1959년 부산 출생.
1995년 『시와시학』 등단.
시집 『길의 길』 『당신의 옹이에 옷을 건다』 『붉은 사하라』 등.

진흙 쿠키

한 아프리카 여자가 진흙을 반죽해 진흙 쿠키를 굽고 있다

아프리카 초원의 영양이나 가젤의 고기로 햄버거를 만들듯이, 진흙 쿠키를 굽고 있다

마치 자신의 아이에게 최상의 음식을 차려줄 것처럼, 다디단 과육을 절여놓는 것처럼

온통 진흙 빛깔인 여자는, 익숙한 손길로 둥글고 말랑말랑한 진흙 쿠키를 굽고 있다

그렇게 진흙을 반죽해 진흙 쿠키를 굽고 있는 아낙의 모습은, 어찌 보면 백로의 긴 목 같다

물의 얕은 파문도 감지하는 먹이를 잡기 위해, 고요히, 길게 늘어나는 목을 가진 백로

그 긴 목 같은 팔로 진흙 쿠키를 굽고 있는 얼굴은, 달처럼 둥싯 떠오를 것 같다

이 뭣고? 하는 의문도 없이, 인간 본래 면목의 양식 같은, 진흙 쿠키를 굽고 있는 아낙의 얼굴은

진흙 소를 타고 진흙 강을 건너고 있는 아이의 얼굴을, 고요히, 한없이 비추고 있을 것 같다

그 진흙 쿠키를 달콤한 초콜릿이라도 되는 듯이 먹고 있는 아이의 배는 불룩하지만, 몸통은 야위어 있어서

야윈 몸통 위에 두개골만 커다랗게 얹혀 있어서, 畸形의 물음표 모양을 하고 있지만

아이의 검고 둥그런 눈망울은 곧 굴러떨어질듯 그렁거리지만

그 눈가에는 새까맣게 파리들이 달라붙어 짓무른 눈곱을 빨고 있지만

인간의 몸속에도 닭처럼 모래주머니가 있다는 듯이

진흙 쿠키가 돌의 쿠키보다는 부드럽고 달콤하다는 듯이

긴 백로의 목이 울컥, 뱉어주는 진흙 쿠키를 받아먹으며

아이는, 마치 나무에 올라 고기를 구한 것처럼 환한 표정이다. 그렇다. 달 떠올랐다

매일매일 자궁에서 태어나기 전의 모습으로 되돌아가는 아이의 歸路를, 훤히 비추고 있다

진흙으로 빚은 몸속에 진흙의 빵이 들어간다는 것은 당연하다는 듯이

인간도 지렁이처럼 흙을 먹고 배설할 수 있는 소화기관을 가졌다는 듯이

이글거리는 태양이 사람을 진흙 쿠키처럼 굽고 있는 아프리카

그 진흙 쿠키가 다 구워지면 赤道의 태양이 아이를 진흙 쿠키처럼 먹어치울 것이지만

"백로의 긴 목" 같은 모습을 한 아프리카 여인이, 긴 팔로 진흙을 반죽해 진흙 쿠키를 구워 아이에게 먹이고 있다. "야윈 몸통에 두개골만 커"다란 아이가 "달콤한 초콜릿이라도 되는 듯이" 그것을 받아먹고 있다. "진흙으로 빚은 몸속에 진흙의 빵이 들어간다는 것은 당연하다는 듯이"! "인간도 지렁이처럼 흙을 먹고 배설할 수 있는 소화기관을 가졌다는 듯이"! 어쩌면 좋은가, 이 풍경을.

진흙을 빵 대신 구워 먹는 저 장면을 TV를 통해 무심코 보면서 우리는 저녁식사를 했는지도 모른다. 어떤 이들은 흙을 집어 먹던 지난 5, 60년대를 떠올리며 눈시울을 적셨을지도 모른다. 이 비정한 비동시적인 것의 동시성. 하기야 더 슬픈 말을 하기로 한다면, 저 값비싼 호화정찬들 또한 진흙 빵과 멀리 다른 것만은 아니라는 것. 모두 흙과 바람으로 돌아갈 것이므로.

시인은 가늘고 긴 여인이 진흙을 구워 아이에게 먹이는 모습을 "긴 백로의 목이 울컥, 뱉어주는"이라고 전하고 있다. 아프지 않을 재간이 없다.

김 신 용
1945년 부산 출생.
1988년 『현대시사상』 등단.
시집 『버려진 사람들』 『개 같은 날들의 기록』 『몽유 속을 걷다』 『환상통』 『도장골 시편』 등.

말할 수 없는 애인

김 이 듬

물이 없어도 표류하고 싶어서
외롭거나 괴롭지 않아도 살고 있기 때문에
우리는 다른 곳으로 떠났다 돌아오거나 영 돌아오지 않겠지
가까운 곳에서 찾았어
우리는 모였지 인도 아프리카 우즈베키스탄에서 온 사람들과
대부분을 차지하는 중국인 학생들
지난해 여름부터 나는 그들에게 한국어를 가르쳤었어
불한청년들의 표류처럼 불규칙적이었지만
무서운 속도로 어휘와 문법을 습득하는 그들이 참 신기하더라
말이 무색해서 팔다리를 브이 자로 벌렸지
매일매일 뱃멀미가 났어
멀리서 돈 벌러 온 한 이방인에게 나는 미약했지만
그의 까만 손가락이 내 얼굴을 두드렸지
장난스럽게 단지 두드리는 시늉만 했는지 몰라
전혀 두드리지 않았는지 몰라
적절한 문장을 못 찾겠어 도무지 사랑할 수밖에
그는 자신의 긴 이야기를 음악 소리로 듣는 마을에 가서
내 갈색 귀에 다 털려버렸는지 코 고는 소리도 뭔가 이상했어
외국인 남자는 어떨까 상상하지 않았다면

말 못할 관계로 가지 않았다면 나는 살아 있는 것이 아니었어

생면부지의 것들을 만나고 말이 통하지 않는 사람들과

사귀지 않는다면

위험하지 않다면 살아 있는 게 아닌 건 아니지만

끝없이 문제를 만들어야 했어

시험문항을 만들고

혼혈의 아이들을 낳아 식탁에 둘러앉아 각자의 모국어를 섞어 말할지도 몰라

콩밥을 나누고 에이즈 환자 모임에 가야 한다 해도

사랑한다면 사랑할 수밖에

너와 헤어진 다음 날 그를 사랑했어

이 삶을 떠나 표류하고 싶었는데 마침 그럴 만한 계기가 생겼어. 외국인들에게 한국어 가르치는 일을 시작하게 되었으니 이것도 일종의 표류인 셈. 거기서 이방인을 만나 사랑에 빠졌네. "그는 자신의 긴 이야기를 음악 소리로 듣는 마을에 가서/내 갈색 귀에 다 털려버렸는지" 다 이해하지는 못했는데도 말들이 음악 소리처럼 들리더군. 사랑이 어쩜 그렇게 간단할 수 있냐고? 이건 불가피한 사랑이야. 위험하고 싶어서, 살아 있고 싶어서 하는 거니까.

그러니 이건 그냥 그런 연애시가 아니네. 사랑에 빠지는 일은 다른 삶의 가능성에 빠지는 일과 같다는 것을 잘 아는 사람의 시. 그러니 이렇게 단호할 수 있는 거지. "콩밥을 나누고 에이즈 환자 모임에 가야 한다 해도/사랑한다면 사랑할 수밖에/너와 헤어진 다음 날 그를 사랑했어" 이 마지막 세 문장이 처음 읽을 때부터 입에 감겨서는 떨어지질 않네. 단호한 것들은 가끔 에로틱하거든. 올해 읽은 가장 멋진 라스트.

김 이 듬
1969년 부산 출생.
2001년 『포에지』 등단.
시집 『별 모양의 얼룩』 『명랑하라 팜 파탈』.

새들의 전략

김 태 형

아파트단지 아래 콘크리트 옹벽에 금이 가 있다
벽을 기어오르다 말라 죽은 실뱀처럼
금이 가 있다 누가 소리도 없이 낮은 벼락을 때렸는가
공공근로 나온 할머니들이 이 벽을 지나갔는지
밤에 아예 뚜껑마저 열어놓겠다는
야간업소 전단지들이 떼어졌다 붙여지고
다시 붙었다 떼어지는 동안 벽은
햇빛에 바랜 푸른 인쇄용 잉크로 멍들어 있다
그런 하찮은 일에 여지없이 원근법이 적용되지만
벽이 갈라진 틈새에 집을 지은 콩알만 한 새들이 있어
간혹 축대 아랫길을 지나칠 때면
저 위태로운 높이를 올려다보곤 한다
어찌 저런 곳에 집을 다 지었을까
혀를 차다가도 내가 사는 고층아파트 역시
궁벽하고 가파른 저 옹벽집과 뭐가 다른가
대출 받아 꼬박꼬박 이자 내며 간신히 얻어 든
이름만 내 집인 그런 집 한 채
가만히 올려다보면 그래도 뭔가 다른 게 있다
다시 생각해보자 저건 새들의 전략이다

붕괴의 징후를 담보로 집을 마련한 새들
이미 문명의 몰락에 근저당권 설정을 마치고
집을 얻어 든 새들의 종의 기원은
상징이다 그러니까 새들은
아직 제 집을 갖지 못했다는 말이다
나도 그곳에 새로 분양신청을 할 것이다
갈아탈 때를 놓치면 안 된다 지금이야말로 돌아갈 때다

　콘크리트 옹벽의 "금"에서 시작된 생각의 꼬리는 "문명의 몰락"에 이른다. 그런데 그런 비관적 전망에는 무시 못할 근거가 있다. 옹벽의 금은 "벽을 기어오르다 말라 죽은 실뱀처럼" 불길하다. 실뱀과 겹쳐지는 "낮은 벼락"의 상상은 더욱 암울하다. 조용한 벼락 한 방에 멈춰버린 실뱀처럼 한 걸음이라도 더 기어오르려는 발버둥치는 미약한 존재의 욕망은 얼마나 허망한 것인가. 가파른 옹벽에는 그것을 세운 인간의 욕망이 날것인 채 아로새겨져 있다. 좁은 땅덩이 위로 치솟는 배금의 욕망과 그것의 그림자인 환락의 욕망. 무수한 욕망의 드잡이로 시퍼렇게 멍든 옹벽.

　때로 생명은 예측할 수 없는 장소에 깃든다. 욕망의 상처로 얼룩진 벽의 틈새에 집을 짓고 사는 새들이 있다. 어쩌자고 저리 불안한 장소에 집을 지었을까 의아해하다가 시인은 문득 깨닫는다. 저 새들은 "이미 문명의 몰락에 근저당권 설정을 마"친 상태라는 것을. 이 문명이 몰락하는 순간 새들은 저곳의 새로운 주인으로 자리 잡게 되는 것이다. 지금이 문명의 위기를 깨닫고 돌아갈 수 있는 마지막 기회라는 시인의 경고는 진중하다.

김 태 형
1970년 서울 출생.
1992년 『현대시세계』 등단.
시집 『로큰롤 헤븐』 『히말라야시다는 저의 괴로움과 마주한다』.

어두운 부분

김 행 숙

내일 저녁 당신을 감동시킬 오페라 가수는 풍부한 감정과 성량을 가졌다. 예상할 수 없는 감정까지 당신에게.

그러나 대부분 우리가 모두 아는 감정일 것이다. 그 중에서.

나는 얼굴을 들지 못하겠다. 우리가 모두 아는 것이 사실일 때에도. 내일까지 바닥을 끌고 가는 긴 드레스 속에는 발목이 두 개, 곧 끊어질 듯. 젖도 크다, 곧 터질 듯.

나는 믿을 수 없다. 나는 마룻바닥을 내려다보고 있다. 은빛 칼처럼 빛이 쑥 올라오는 틈새가 있다.

나는 때때로 행복한 척하기 위해 나 자신을 속인다. 예컨대 내일 공연되는 오페라를 예약해놓고 '아, 얼마나 감동적일까.' 하면서 설레는 나는, 정말 내일의 나를 모르는 것일까. "예상할 수 없는 감정"이라고 생각하는 것들은 사실 "우리가 모두 아는 감정"이 아닐까. 삶의 많은 부분들이 실은 연극으로 이루어진다는 것을 아는 시인은 그게 부끄러워서 혹은 안타까워서 얼굴을 들지 못하고 마룻바닥만 내려다본다. 연극들 이면의 실상을 안다는 것은, 이를테면 화려한 드레스 이면에 연약한 맨살이 있다는 것을, '끊어질 듯한 발목'과 '터질 듯한 젖'이 있다는 것을 아는 일. 김행숙은 피곤하겠다. "은빛 칼처럼 빛이 쑥 올라오는 틈새"를 그녀는 늘 본다.

김 행 숙
1970년 서울 출생.
1999년 『현대문학』 등단.
시집 『사춘기』 『이별의 능력』.

검은 브래지어

김 혜 순

아주아주 심심한 날
나는 입술을 가슴에 파묻은 물새처럼
검은 안대 속 뻔히 두 눈 뜨고 있는
내 가슴 맛을 보려 한 적이 있어요

내 가슴에선 아마 육지에서 멀리 떨어진 섬의
등대 맛이 날지도 몰라요
아니면 그 섬의 감옥, 독방의 맛!
아니면 지하 카타콤 맛이거나
그건 내 입속 침샘에 잠긴 돌기들의 문제지
내 가슴 문제가 아닐지도 몰라요

누구든 가슴에 달린 제 눈알의 맛을 음미할 순 없죠

내 가슴은 안대를 벗고 바라봐요

(꽁꽁 묶어뒀던 폭포가 터지듯)

(포장지를 벗겨낸 바다가 출렁하듯)

(내 몸이 내 눈동자를 방생하는 기분이 들게 그렇게)

(바닷가 언덕에서 모이 찾고 있는 물새 병아리 두 마리처럼)

물속에 누워
왼쪽 가슴과 오른쪽 가슴 사이로
익사한 사람이 지나가기를 기다리는 그런
고래 같은 기분으로!

언젠가 수백 명의 어머니들이 광장에서
아들의 유해를 기다리는 사진을 본 적이 있어요
나는 그때 그 어머니들의 등에 달린
후크를 다 빼드리고 싶었다니까요
가슴에 달린 눈들이 흑흑
울음소리 광장을 메아리쳤거든요
제발 나를 혼자 두고 가지 마
나는 엄마야
이리이리 헤엄쳐 와 내 바다로 와
안대 속에서 퉁퉁 부은 눈동자들이
감옥의 벽을 쿵쿵 두드리는 소리!

안대는 마치 누군가의 두 손처럼 생겼어요
병아리 두 마리를 꽉 틀어쥔 검은 장갑 낀 손!

그물에 걸린 물고기더러 회개하라는 말 들어보셨나요?
길 잃은 병아리더러 회개하라는 말 들어보셨나요?

내 검은 브래지어 끈이
두 눈이 흘린 눈물줄기처럼
축 늘어져 있네요

(바다 한가운데서 검은 안대를 하고 노 젓는 사람처럼
나는 지금 깊은 곳 아무 데나 노 저어 가고 싶네요)

해설 이혜원

　모든 시인들은 아직 한 번도 발설되지 않은 신선한 비유를 꿈꾸지만 그런 기회를 포착하는 이들은 많지 않다. 불공평하게도 종종 한 시인에게 그런 기회가 집중되기도 한다. 예기치 못한 비유를 산출하는 김혜순 시인의 비법은 좀처럼 감퇴하지 않는다.

　이 시는 당연히 '검은 브래지어'가 불러일으키는 성적인 상상을 비껴간다. 검은 브래지어를 두른 가슴에서 검은 안대를 댄 눈을 떠올리는 엉뚱한 상상으로부터 이 시는 출발한다. 검은 안대 속의 눈은 꽤나 고적할 것이다. 그러니 맛으로 치자면 등대 맛, 섬의 감옥, 독방의 맛, 지하 카타콤의 맛이 떠오르게 된다. 안대를 벗은 가슴을 상상하자 상상력은 급격히 팽창한다. 폭포가 터진 듯, 바다가 출렁하듯 방출된 가슴은 안대를 풀어헤친 어머니들을 연상시킨다. 자식을 잃은 어머니들은 분명 가슴으로 울 것이다. 가슴에 달린 눈들이 펑펑 울며 감옥의 벽을 두드리는 애통한 광경에서 검은 브래지어의 이미지는 전혀 예측할 수 없었던 비장미에 도달한다. 그러나 시인의 상상은 끝 가는 데를 모른다. "바다 한가운데서 검은 안대를 하고 노 젓는 사람처럼" 한없이 나아갈 것이기 때문이다.

김 혜 순
1955년 경북 울진 출생.
1979년『문학과지성』등단.
시집『또 다른 별에서』『아버지가 세운 허수아비』『어느 별의 지옥』『우리들의 陰畵』『나의 우파니샤드, 서울』『불쌍한 사랑 기계』『달력 공장 공장장님 보세요』『한 잔의 붉은 거울』『당신의 첫』등.

여름의 침묵

마 종 기

그 여름철 혼자 미주의 서북쪽을 여행하면서
다코다주에 들어선 것을 알자마자 길을 잃었다.
길은 있었지만 사람이나 집이 보이지 않았다.
대낮의 하늘 아래 메밀밭만 천지를 덮고 있었다.
메밀밭 시야의 마지막에 잘 익은 뭉게구름이 있었다.
구름이 메밀을 키우고 있었던 건지, 그냥 동거를 했던 것인지.
사방이 너무 조용해 몸도 자동차도 움직일 수 없었다.

나는 내 생의 전말같이 무엇에 홀려 헤매고 있었던 것일까.
소리 없이 나를 친 바람 한 줄을 사람인 줄 착각했었다.
오랫동안 침묵한 공기는 무거운 무게를 가지고 있다는 것,
아무도 없이 무게만 쌓인 드넓은 곳은 무서움이라는 것,
그래도 모든 풍경은 떠나는 나그네의 발걸음이라는 것,
그 아무것도 모르는 네가 무슨 남자냐고 메밀이 물었다.

그날 간신히 말없는 벌판을 아무렇게나 헤집고 떠나온 후
구름은 다음 날 밤에도 메밀밭을 껴안고 잠들었던 것인지,
잠자는 한여름의 극진한 사랑은 침묵만 지켜내는 것인지,
나중에 여러 곳에서 늙어버린 메밀을 만나 공손히 물어도

그 여름의 황홀한 뭉게구름도, 내 이름도 기억하지 못하고
면벽한 고행 속에 그 흔한 약속만 매만지고 있었다.

　마음의 먼 곳을 거쳐서 나온 것이 틀림없는 호명과 형언들이 고요하고 깊은 표정으로 한 풍경을 이루고 있다. 시의 주인공은 너무 고요해 몸도 차도 움직일 수 없었던, 끝없는 메밀밭과 뭉게구름 아래로 길을 잃었던 경험을 말한다. 전언의 행간에 어린 압도적 고요의 여운만으로도 이 시는 숨이 막힐 듯하다. "오랫동안 침묵한 공기는 무거운 무게를 가지고 있다는 것,/아무도 없이 무게만 쌓인 드넓은 곳은 무서움이라는 것," 등의 감각적 통찰과 깊은 울림이 그것만으로도 충분히 시에 값한다.

　이어지는 시의 후반에는, 그의 '메밀' 둘레로 흘러간 열정과 옛사랑의 뉘앙스가 어려 있다. 그 두렵고 강렬하고 기이했던 그날의 조우는 나에게만 그럴 뿐, "나중에 여러 곳에서 늙어버린 메밀을 만나 공손히 물어도/그 여름의 황홀한 뭉게구름도, 내 이름도 기억하지 못하고/면벽한 고행 속에 그 흔한 약속만 매만지고 있었다". 내 이름도 기억하지 못하면서 면벽 고행처럼 매만지고 있는, 신파가 되어버린 그 메밀의 '약속'이랄 것이 또한 쓸쓸하고 슬프다.

마 종 기
1939년 일본 도쿄 출생.
1960년 『현대문학』 등단.
시집 『조용한 개선』 『두 번째 겨울』 『안 보이는 사랑의 나라』 『그 나라 하늘빛』 『이슬의 눈』 『새들의 꿈에서는 나무 냄새가 난다』 『우리는 서로 부르고 있는 것일까』 등.

내가 입술을 가진 이래

문 정 희

내가 입술을 가진 이래
사랑한다는 말을 한 적이 있다면
해가 질 때였을 것이다
숨죽여 홀로 운 것도 그때였을 것이다

해가 다시 떠오르지 않을지도 몰라
해가 다시 떠오르지 않으면
당신을 못 볼지도 몰라
입술을 열어
사랑한다고 사랑한다고 말한 적이 있다면……

한 존재가 흔적도 없이 사라지고 말 것을
꽃 속에 박힌 까아만 죽음을
비로소 알며
지는 해를 바라보며
나의 심장이 지금 뛰는 것을
당신께 고백한 적이 있다면……

내가 입술을 가진 이래

절박하게 허공을 두드리며
사랑을 말한 적이 있다면
그것은 아마 해가 질 때였을 것이다

우리로 하여금 사랑한다고 말하게 할 그 어느 때가 있다면, 그건 바로 "해가 질 때"이리라고 이 시는 단언한다. 왜 아니겠는가. 우리의 의지 너머에서 벌어지는 저 서서히 저물어감, 저 적막한 소멸과 스러짐 앞에서 몸과 욕망의 '입술'을 가진 우리가 무엇을 할 수 있겠는가. 한숨처럼 새어 나올 '사랑한다'는 말, 아니면 '숨죽여 홀로 울기'.

애달픈 몸과 '날 저묾'(죽음) 사이에는 비극적이라 할 만한 긴장이 성립된다. 그 긴장의 지극한 형식이 '사랑'인 것. 그리하여 '사랑'은 죽음과 욕망의, 두려움과 그리움의 착종 위에서 "숨 죽여 홀로" 울지 않을 수 없는 것. 때로 "절박하게 허공을 두드리며/사랑"한다는 말을 소리치지 않을 수 없는 것.

그러므로 슬프게도 '입술'을 가진 존재들이라면, 한 번은 서해 바닷가 어디로 떠나 해가 지는 것을 지켜볼 일이다. 그때 입술 새로 무슨 말이 새어 나오는지 들어볼 일이다. 문정희 시인의 관능은 때로 이렇게 눈부시다.

문 정 희
1947년 전남 보성 출생.
1969년 『월간문학』 등단.
시집 『새떼』 『찔레』 『남자를 위하여』 『오라, 거짓 사랑아』 『양귀비꽃 머리에 꽂고』 『나는 문이다』 등.

움직이는 달

민 구

달이 먼저 나를 물기도 한다

줄을 풀고 창문으로 넘어 들어온 달이 구석에 나를 몰고 어금니를
드러낸다

오줌발이 얼마나 센지 사방 벽으로 튀어 잘 지워지지 않는다

달은 나무를 잘 탄다

어두운 강을 곧잘 건넌다

물결에 비벼도 지워지지 않는 저 온순한 발자국은 한겨울 빙판을
내리치는 커다란 해머
수천수만의 얼음 조각들이 밤하늘에 박혀 있다

순식간에 하늘을 나는 박새에 오른 달, 민첩하다

고양이 꼬리를 물다가 돌아보는 순간, 지붕 위를 걸어나가며 케케
케 웃고 있다

멀쩡한 사내를 부축하는 달, 문지방에 걸터앉은 달, 작두로 깎은 발톱이 거기로 튀었나?
　굶주린 소가 여물통을 바라본다

물에 뜬 시체를 가만히 덮고 있는 담요여

상갓집 늦은 조문객이 맨 근사한 타이여

공중에 집 한 채 놓고 숨죽여 울던 검은 짐승은

지금 해와 교미 중이다

해설 이혜원

  이조년 시조 "이화梨花에 월백月白 하고" 같은 고전적인 달의 이미지에서
멀찌감치 벗어난 동물성의 달이 등장했다. 민구의 달은 덥썩 물고, 으르렁거
리고, 나무도 타며, 오줌발도 만만치 않다. 시인은 우리 시에서 좀처럼 보기
힘든 역동하는 달의 이미지를 창출한다. 민구의 달은 천방지축 뛰어놀고 난
장을 만들기도 하지만, 멀쩡한 사내를 부축하기도 하고 물에 뜬 시체를 덮어
주기도 하고 상갓집 늦은 조문객을 동행하기도 한다. 외로움에 지쳐 울다가
는 해와 교미하는 데도 열심이다. 그러니까 이 달은 그야말로 '짐승' 수준의
달이다. 그토록 고고하던 달을 한껏 끌어내려 인간과 함께 뒹굴게 하는 시인
의 활달한 기상이 돋보인다.

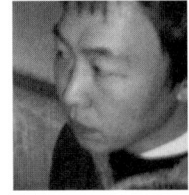

민 구
1983년 인천 출생.
2009년 『조선일보』 등단.

유희삼매경
—「돌부림」(2006)의, 작가 이인성에게

박 남 철

불암 불암 불암
줄눈들이 보이니 줄눈들만 보아 가며
월세집을 나서서 줄눈들만 보아 가며

월세집을 나서서 담벽들을 스쳐 가며
불암산 산책로 입구로 들어서니
하얀 비닐봉지에 빈 생수통 하나 넣어 들고,

불암 불암 불암
산책로 입구에 들어서니 5월의 나무숲이, 갑자기
우거지고 우거지고 또 우거져버린다

불암 불암 불암
가볍게, 가볍게, 나무숲의 향기 깊이깊이 들이키며

나는 오늘도 이렇게 살아서 존재한다
아니, 나는 이제는 아예 존재하지도 않는다
다만 이렇게 나는 오늘도 가볍게 유보로써 걸어간다

나는 김동리가 말한 '究竟'을 구하는 사람도, 행자도
이사벨라 버드 비숍 여사가 말한 'Ku Kyong'을 하는 사람도
아니다,

다만 나는 이렇게 오늘도 가볍게 유보로써 걸어간다
불암 불암 불암, 수천수만의 저 나뭇잎들의
푸른 향기 깊이깊이 들이켜대며,

불암 불암 불암
나한을 만나면
나한을 지나치고

불암 불암 불암
보살을 만나면
보살도 지나쳐서

부처를 만나면 부처까지도 다 지나쳐서,

불암 불암 불암
나는 오늘도 이렇게 가볍게, 가볍게,
깊이깊이 유보하는 것이다.

Neil Diamond's "Beautiful Noise"
<embed src="http://cfs7.blog.daum.net/upload_control/down

load.blog?fhandle=MEFHdEdAZnM3LmJsb2cuZGF1bS5uZXQ6L0

lNQUdFLzIvMjg3Lm1wMw==&filename=287.mp3&filename=

NeilDiamond-BeautifulNoise.mp3" loop="true" volume="0">

제도화된 시적 말투에 맞서 박남철은 오랫동안 말하기의 '무애행無碍行'을 애써 실천해왔다. 그러한 노력을 서양 말을 빌려 전위적(아방가르드)이라 하건 해체적이라 하건 큰 차이는 없을 것이다. 그의 무애자재행이 바야흐로 도달한 경지가 이 시에 한 자락 비치고 있는 듯하다.

이 시의 전부가 "다만 이렇게 나는 오늘도 가볍게 유보로써 걸어간다"의 '유보'와 '가볍게' 그리고 '깊이'에 걸려 있다. 이 '유보'는 곧 '생의 유보/존재의 유보'. 생의 확정을 유보하여 미정형과 미필과 불확정을 견지하여 모든 가능성을 활성상태로 지탱하는 것. 그것이 '유희삼매'의 의미가 아니겠는가. 그때 가볍지 않고도 '유보'가 가능할 수는 없을 것이다. 실제 이 시의 리듬은 포크댄스라도 추듯 가볍고 리드미컬하다. 이 유보와 유희의 등질성의 궁극, 구도적 고행과 놀이의 등질성—시의 화자가 아니라고 굳이 부인하고 있어 더더욱 그러한—의 궁극에 가벼움이란 이름의 무애자재가 있는 것이겠다. 그때 그 가벼움은 얼마나 깊고 깊은 것이겠는가.

박 남 철

1953년 경북 포항 출생.
1979년 『문학과지성』 등단.
시집 『지상의 인간』 『반시대적 고찰』 『자본에 살어리랏다』 『바다 속의 흰머리뫼』 『제1분』 등.

업어준다는 것

저수지에 빠졌던 검은 염소를 업고
노파가 방죽을 걸어가고 있다
등이 흠뻑 젖어들고 있다
가끔 고개를 돌려 염소와 눈을 맞추며
자장가까지 흥얼거렸다

누군가를 업어준다는 것은
희고 눈부신 그의 숨결을 듣는다는 것
그의 감춰진 울음이 몸에 스며든다는 것
서로를 찌르지 않고 받아준다는 것
쿵쿵거리는 그의 심장에
등줄기가 청진기처럼 닿는다는 것

누군가를 업어준다는 것은
약국의 흐릿한 창문을 닦듯
서로의 눈동자 속에 낀 슬픔을 닦아주는 일
흩어진 영혼을 자루에 담아주는 일

사람이 짐승을 업고 긴 방죽을 걸어가고 있다

2009 현장비평가가 뽑은 올해의 좋은 시 71

한없이 가벼워진 몸이
젖어 더욱 무거워진 몸을 업어주고 있다
울음이 불룩한 무덤에 스며드는 것 같다

　물에 빠진 염소를 건져 업고 '노파가' 가고 있다. 놀랐을 염소를 달래려 "가끔 고개를 돌려 염소와 눈을 맞추며/자장가까지 흥얼거"리며, 등은 흠뻑 젖은 채. 눈물겨운 풍경이다.

　업는다는 것은 따뜻하고 슬픈 일. 그것은 무방비의 내 뒤쪽을 다 허락하는 일이며 믿고 다 내준다는 뜻이다. 타자의 온 무게를 지고 그의 다리가 되어 대신 걸어주는 일이다. 또한 그의 가슴과 아랫도리를, 숨결과 감춰진 울음을 내 등으로 읽고 감당하는 일, 그리하여 마주 안는 것보다 더 깊고 눈물겹게 한몸이 되는 일이다.

　'업어주기'에 대한 2, 3연의 통찰 또한 따뜻하다. 어찌 "울음이 불룩한 무덤에 스며드는 것 같"지 않으랴. 늙은 할매와 어린 염소의 업고 업힘, 이 따뜻한 비애의 풍경에 축복 있기를! (한 가지, 시인은 왜 '노파'라는 문어 투 번역 투의 어휘를 택했을까. 감상적이 될까 두려워한 것일까.)

박 서 영
1968년 경남 고성 출생.
1995년 『현대시학』 등단.
시집 『붉은 태양이 거미를 문다』.

배 꼽

박 성 우

살구꽃자리에는 살구꽃비
자두꽃자리에는 자두꽃비
복사꽃자리에는 복사꽃비
아그배꽃자리에는 아그배꽃비 온다

분홍 하양 분홍 하양 하낭다짐 온다

살구꽃비는 살구배꼽
자두꽃비는 자두배꼽
복사꽃비는 복숭배꼽
아그배꽃비는 아기배꼽 달고 간다

아내랑 아기랑
배꼽마당에 나와 배꼽비 본다

꽃비 배꼽 본다

예쁘기도 해라. 옛 사람들은 이런 날 떨어진 꽃들 자리 삼아 누워, 얼굴로 꽃비 대신 받으며 술을 마셨다고 들었다.

동요스러운 듯하지만, 어느 한 곳도 빈틈 없다. 단조로운 듯 기운생동이다. 살구꽃 자두꽃 복사꽃의 3음절에 이은 아그배꽃 4음절의 탈격이 맛있고, 분홍 하양의 울림소리에 이은 '하냥다짐'이란 말은 소리로도 뜻으로도 시원하다. 또 '살구배꼽 자두배꼽 복숭배꼽'은 얼마나 즐겁고 눈앞이 환해지는 명명인가. "배꼽마당에 나와 배꼽비 본다//꽃비 배꼽 본다"의 마무리까지 이 시는 우리말 음운의 기막힌 맛을 절묘하게 살린다. 삿됨을 여읜 이러한 천진 앞에서 우리 마음도 덩달아 풍선처럼 부푼다.

박 성 우
1971년 전북 정읍 출생.
2000년 『중앙일보』 등단.
시집 『거미』 『가뜬한 잠』 등.

☙〰️✺〰️ 계속 혁명 게르

박 정 대

여기는 〈컨티뉴어스 레볼루션 게르〉
텔레폰 성냥의 불꽃으로 전화하세요
혁명은 계속됩니다
어떤 종류의 혁명이냐구요
그건 당신이 정하세요
혁명의 주체는 당신이니까요
당신이 혁명을 꿈꾸는 한 혁명은 계속됩니다
별들이 밤하늘에 빛나는 한
말들이 대초원을 계속 달려가는 한
한 생애의 눈발들을 다 맞고 난 뒤에도
여전히 당신을 위한 겨울은 준비되어 있으니까요
꿈? 꿈이라뇨
이건 혁명에 관한 이야기죠
당신이 그토록 오래도록 꿈꾸던
바로 그 혁명에 관한 레시피
리스본의 벼룩시장인 〈여자 도둑 시장〉에서
당신이 진짜로 여자 도둑을 보았다고 생각한다면
당신은 여전히 혁명을 꿈꾸고 있는 거죠
뭐라구요

리스본엔 가본 적이 없다구요

아예 여권도 없다구요

지금 당장 만들어드리죠

텔레폰 성냥의 불꽃으로 전화하세요

폭설에 의해 고립된 당신의 밤을

확실히 해제시켜줄 여권을 만들어드리죠

여권을 열면 무슨 노래가 흘러나오게 해드릴까요

수아드 마시?

프랑수아즈 아르디?

아말리아 로드리게스?

그건 당신 취향대로 하세요

당신의 여권에서 흘러나오는 노래에 따라

출입국이 통제될 수도 있을 테니까요

가령 당신의 여권에서 파두가 흘러나온다면

리스본의 높은 언덕 바이루 알뚜의

〈클루브 데 파두〉로 당신을 안내해드리지요

28번 전차를 타고 가면 돼요

붉은 지붕들 사이로 난 작은 골목을 따라

빨래들이 나부끼는 방향으로 가면

밤의 파두 클럽들이 나오지요

파두는 바다의 노래

파두는 밤의 노래

파두는 어쩌면 당신 여권에서 흘러나오는 노래

여기는 〈계속 혁명 게르〉

텔레폰 성냥의 불꽃으로 전화하세요
혁명은 계속됩니다
가령 당신이 오지 않는 밤이면
나는 천문관측소 계단에 앉아
탕헤르로 떠난 배의 안부를
별들에게 물어보기도 하지요
카시오페아는 더블유
큰곰자리는 세븐
아임 미싱 유니까요
황도십이궁을 따라가며
새들은 계절의 혁명을 노래하죠
리스본에서 블라디보스토크까지
톡톡, 이야기는 계속 이어지죠
그런 얘기 하나 들려드릴까요
아주 긴 이야기
당신이 내 이야길 듣다
고요히 잠들 수 있는 이야기
끊임없이 이어지는 밤의 이야기
당신은 어떤 이야길 좋아하나요
당신의 취향을 알아야 이야기를 계속할 텐데
밤은 참 짧아요
그리고 이젠 나도 잠들어야 하니까요
그래요, 오늘 못한 이야기는 다음에 하지요
다음 이 시간엔

〈진부 필름 스튜디오〉
창설사에 관한 이야기를 해드릴까요
아니면 블라디보스토크역 근처에 있는
〈타오르는 마음의 혁명 호텔〉 이야길 들려드릴까요
당신이 선택하세요
혁명의 주체는 당신이니까요
텔레폰 성냥의 불꽃으로 전화하세요
혁명은 계속됩니다
그래요, 지금까지 여기는
라디오 〈계속 혁명 게르〉였어요
잘 자요, 당신
EL CHE VIVE!

　시인 박정대는 툭 하면 불가능한 공간을 만들고 불가능한 손님들을 초대해 불가능한 시간을 흐르게 한다. 이 시에서도 개전의 정이 보이질 않는다. "당신이 혁명을 꿈꾸는 한 혁명은 계속됩니다"라니, 말도 안 되는 소리. 그 이름도 지겨운 이 신자유주의시대에는 '혁명'도 '당신'도 '계속'도 전부 불가능. 그러나 불가능한 것을 가능하다고 우기기 시작할 때 이 시인 특유의 '무드'가 조성되고 방송은 시작된다. '계속 혁명 게르'라는 이름의 라디오방송국을 차려놓고, 심지어는 음악이 흘러나오는 여권을 불법으로 발급해주면서, 불가능한 세계로의 밀입국을 종용하는 말을 끝도 없이 늘어놓는 허무맹랑한 DJ의 아름다운 음악들. 이 방송국의 모토는 혁명적 낭만주의가 아니라 낭만적 혁명주의. 그러니까, 믿는 것은 곧 있는 것!

박 정 대
1965년 강원 정선 출생.
1990년 『문학사상』 등단.
시집 『단편들』 『내 청춘의 격렬비열도엔 아직도 음악 같은 눈이 내리지』 『아무르 기타』 『사랑과 열병의 화학적 근원』.

尺牘挿入春書*

꽃가루의 효능은 사월
그 시기에 출시된 허공은 무겁고 나무들의 몸 안으로 가려움이 옮
겨 다닌다
나무들이 흔들려 허공을 긁고 있다
시원해지는 바람.

담장 안으로 꽃잎 지는 소리가 뛰어든다
걸음이 없는 것들에게
봄 한철이 줄지어 방문한다
잠자던 바람이 일어나는데 봄은 아주 우연한 계절이다
한철 분주한 허공의 편도
멋모르고 뿌리 내린 것들은 멋모르고 기다리는 일뿐
오다가다 허공에서 만난 사이
토닥토닥 봄날을 단장해본들
咯血의 자리에는 늘 咯血이 피는 일

꽃들은 늙어서 허공을 살짝 밟아 가고 떨어지는 것들은 제 스스로
의 목이 시들었기 때문이다

「尺牘 ─수두꽃이 시들어간다고 하나 실은 얼굴이 앞서 시드는 것을 그대도 아는 일. 비벼대는 일이 없으면 꽃의 粉 또한 기침이나 불러들여 만발할 것을. 手應手答은 마음을 일어나게 하는 일. 意思 없이 열리는 마음에 봄날은 그 花奢를 뽐낼 뿐이지. 그대를 만나고 수없이 뒤척였으나 깨어나지 않는 잠도 있다는 것을 봄날 꾸벅꾸벅 졸면서 깨닫는다. 그대 봄은 너무 노련해져 향기가 없으니 속히 알아채길.」

무분별 암호들이 적힌 春書는 다 읽을 시기가 있는 법, 때를 놓치면 번져 흐릿해진 문장들이 뚝뚝 지고 만다.
담 너머로 날리는 흰 얼굴이 목 빼어 훔쳐본다
꽃가루의 효능은 허튼 꿈.

* 척독삽입춘서尺牘揷入春書 : 암호로 씌여진 짧은 쪽지가 첨부된 봄 편지.

    모든 편지에는 '정情'이 깃들지만 봄 편지에서 그것은 유난하다. '춘정春情'이란 말이 있을 정도로 봄의 정취는 유별나다. 사람들만 그러한 것도 아니다. 봄이면 만물이 발정한 것처럼 가렵고 설렌다. 봄날은 또한 덧없이 빨라 한철 분주하다 어느덧 사그라진다. 이렇듯 변화무쌍한 자연의 풍광만을 그리며 변죽을 두드리던 봄 편지의 허리춤에 끼어 있는 척독. 꽁꽁 숨겨놓은 남의 연애편지를 훔쳐보는 재미가 이러할 것이다. 꽃보다도 더 빨리 시드는 인생이거늘 짐짓 시치미 떼며 무심을 가장하는 상대방을 점잖게 원망하는 심사가 흥미롭다. 봄날도 그렇지만 춘정을 아로새긴 춘서春書의 시효는 지극히 짧다. 꽃보다 더 먼저 낙백한 문장의 뒷모양이 소슬하다.

박 해 람
1968년 강원 강릉 출생.
1998년 『문학사상』 등단.
시집 『낡은 침대의 배후가 되어가는 사내』.

하 지

박 현 수

해가 가장 길게 혀를 빼어
지상을 오래 핥는 날
상처에 닿을 때마다 붉어지는 혓바늘
하염없이 핥아주는 것밖에
해줄 것이 없는
늙은 암캐의 혓바닥처럼
서러운 온기에
온 머리가 젖어 꿈이 맑아진 풀잎들
치유는 핥을 수 있는
따스한 거리에 있어
핥을 수 없는 곳마다 덧나는 상처들
혓바닥이 지난 곳마다
매미가 자라고
사슴의 뿔이 떨어진다
사람의 눈동자가
지상에서
가장 먼 곳에 올라 맑게 씻기는 날

해 설　이혜원

　하지는 일 년 중 태양이 가장 높이 뜨고 낮의 길이가 가장 긴 날이다. 이런 사전적 정의가 시에서는 "해가 가장 길게 혀를 빼어/지상을 오래 핥는 날"로 변주된다. 이 시에서는 촉각의 활용이 두드러진다. 하지의 해는 상처 입은 새끼를 돌보는 어미처럼 지상의 곳곳을 오래오래 핥아준다고 본다. 해의 혀가 닿는 곳은 치유되고, 핥을 수 없는 곳은 상처가 덧날 것이다. 이는 왕성한 생장이 시작되거나 급격한 부패가 진행되는 하지의 절기상 특성과 일치한다. "매미가 자라고/사슴의 뿔이 떨어진다"는 시적인 표현도 절기의 내용으로 거론되는 것들이다. 시인은 오랫동안 반복되어온 자연적 질서의 감각에서 시적인 정서를 이끌어낸다. 그가 하지의 해에서 발견한 치유와 정화의 능력은 오래전부터 지속되어왔고 지금은 더욱 절실한 자연의 생리이기도 하다.

박 현 수
1966년 경북 봉화 출생.
1992년 『한국일보』 등단.
시집 『우울한 시대의 사랑에게』 『위험한 독서』.

어떤 울음

서 안 나

　마른, 밥, 알을 입에 문 여자가, 204호에서, 죽은 쌀벌레처럼 웅크
린 채, 발견, 되었다. 죽음의 내, 외부가 공개되었다. 쌀도, 가족도,
유서도, 없었다. 죽음의, 원, 인과 결, 과만 남았다. 수사기록에는 그
녀의 몸에서, 감춰두었던 울음이, 벌레처럼 기어나왔다고 써 있다,
형사와, 의료진과, 앰뷸런스와, 동사무소 직원이, 그녀를 죽음, 안쪽
으로 밀어넣었다. 그녀가 이승에서, 단순하게, 떨어져나갔다, 이승
의 반대편으로 앰뷸런스가, 떠나고, 형사와, 동사무소, 직원이, 가정
식, 백반을, 들며, 소주를 마신다, 골목의 소음들을 한 모금에 꿀,
꺽, 삼킨다, 식당 주인이, 파, 닥, 파, 닥, 부채를, 부치고, 있다,

이 시는 터져나오는 통곡을 쉼표에 의지해 겨우 제어하고 있다. "쌀도, 가족도, 유서도 없"이 "쌀벌레처럼 웅크린 채, 발견"된 204호 여자의 고독한 죽음 전후를 이 시는 흐느낌 같은 쉼표에 기대어 띄엄띄엄 전하고 있는데, 들어보면 그 목격자 진술은 뜻밖으로 침착하고 냉정하다. "형사와, 의료진과, 앰뷸런스와, 동사무소 직원"들로 구성된 제도적 일상들이 얼마나 기계적이고 무심하게 그 죽음을 처리하는지, 그렇게 "그녀를 죽음, 안쪽으로 밀어넣"은 다음 그들이(우리들이) 어떻게 다시 사소한 삶으로 돌아가 '가정식, 백반을, 들며, 소주를 마'시는지, 식당 주인은 어떻게 '파, 닥, 파, 닥, 부채를, 부치'는지 이 시는 보고하고 있다. 화자는 그녀의 죽음에 연민을 표하는 대신, 우리의 도덕적 태만을 목청 높여 질타하는 대신 '어떤 견딜 수 없음'을 다만 쉼표로 찍을 뿐이다. 쉼표를 동반한 이 침착함이 저 비정한 대비를 더욱 선명하게 한다.

시인은 "그녀가 이승에서, 단순하게, 떨어져나갔다"고 적고 있다. "단순하게"라는 말의 울림이라니.

서 안 나
1965년 제주 출생.
1990년 『문학과비평』 등단.
시집 『푸른 수첩을 찢다』 『플롯 속의 그녀들』.

종이상자 연구소

연구는 그냥 하는 거죠. 일상입니다. 연구원(38세) 씨는 겸손하게
말했다. 사랑이 담기는 종이상자는 재질이 다르냐는 기자의 질문에
약간 당황한 표정을 짓더니, 코팅입니다, 라며 멋쩍게 웃었다. 우리
는 언제나 연구합니다. 잠도 부족하죠. 게다가 박봉이랍니다. 와이
프는 김밥을 말고 있습니다. 중국산 재료는 일절 안 써요. 연구원 씨
는 약간 부끄러운 표정을 짓더니, 삶입니다, 라며 얼굴이 빨개졌다.
연구는 힘든 일입니다. 별로 알아주는 사람도 없어요. 담겨 있는 내
용이 중요하지 종이상자 따위가 뭐 중요하겠어요. 버려진 상자는 마
음 따뜻한 오늘의 내일이다. 기자는 조심스럽게 손을 뻗어 악수를
청했다. 플래시가 몇 번 터지고 연구원 씨는 연구소로 해맑은 미소
를 지으며 돌아갔다. 월요일 책이 나온다는 기자의 말을 듣고, 박봉
에도 불구하고 두, 권을 구입할까 생각했다. 연구원이 되길 잘했다
는 생각과 함께. 인터넷으로 주문하면 그의 엉성한 웃음이 담긴 책
두 권이 종이상자에 담겨 배달될 것이다.

속물화된 세계 안에서 '사랑'이랄지 '연구'랄지 하는 가치들은 더 이상 본래의 낭만적인 아우라를 지니지 못한다. '사랑'을 묻는 기자의 질문에 "약간 당황한 표정을 짓더니, 코팅입니다, 라며 멋쩍게 웃"는 38세의 소시민 연구원이 있을 뿐이다. 겸손하고 선량하며 따라서 연구소의 처우에 얼마간 불만도 있는 이 주인공은 "연구는 그냥 하는 거죠. 일상입니다"라고 "겸손하게" 말한다. "와이프는 김밥을 말고 있습니다. 중국산 재료는 일절 안 써요."라고 "약간 부끄러운 표정을 짓"고 말한다.

이 시는 조금씩 다른 층위의 것으로 보이는 대화와 지문들을 교묘히 이어붙이거나 오려붙여서 나날의 삶이 지닌 새로운 질감을 드러내고 있다. 삶의 사소하지만 구체적인 세부들이 미묘하게 새로운 뉘앙스를 부여하는 이러한 콜라주는 그의 일련의 작업 대부분에서 공들여 시도되어왔다.

속물이 되어가는 우리의 왜소하고 비루한 초상이 시의 말미 부분에 의해 한 편의 통렬한 아이러니로 완성되는 느낌이다.

서 정 학
1971년 서울 출생.
1995년 『문학과사회』 등단.
시집 『모험의 왕과 코코넛의 귀족들』.

거미, 베를 짜다

손 수 진

오래된 집에 거미가 산다
그 집의 역사만큼 오래된 거미 밤마다 실을 뽑아 베틀에 건다

나고야에서 나고 자랐느니라
해방이 되자 너도 나도 귀국길에 올랐느니라
사나흘이면 가리라던 귀국길은 달포가 넘어 걸렸느니라
시모노세끼에서 규슈로 가는 야미배를 타고
동지섣달 바람은 얼마나 부는지 까불까불 가랑잎 같았느니라
누렇게 부황 든 사람들은 바다에 짐짝처럼 구겨져 있었느니라
산후조리 못해 병든 어머니는 아버지가 부축하고
핏덩이 동생은 내가 들쳐 업고, 애면글면 군산항에 내렸는데
쓰리꾼이 아버지 허리춤에 찬 전대 귀신같이 털어 가고
지게꾼에게 매긴 보따리마저 잃어버리고
석탄차 얻어 타고 대구에 내리니 염생이마냥 눈알만 반들반들
그런 우스운 꼴이 없었느니라
고향집에 돌아와 열흘 만에 어머니 돌아가시고
닷새 후에 딱정벌레처럼 붙이고 다니던 동생마저 세상 뜨고
그때 나이 열일곱,
열아홉에 시집이라고 왔더니라

예단이라고 벌거지 터진 물들인 것 같은 명주베 넉 자, 뿔스무리한 저고릿감 넉 자
일곱세 무명베 두루마기 흑감 한 감, 동동구리무 한 통, 덧분 한 통
시집오는 날 아침까지 손수 밥해 먹고
분 한 번 못 찍어 바르고 얼굴 한 번 못 본 신랑한테 시집이라고 왔더니라
길쌈도 못 배우고 말도 어눌하고 홀아부지와 살다가 시집이라고 왔는데
대추씨 같은 시엄시 땡감 같은 시누이 내 살아온 역사를 어예 말로 다하겠노

어머니 나이 팔십, 지금도 그 주소를 외우며
밤새워 술술 몸속에서 거미줄을 뽑아 달빛 아래 철커덕철커덕 은빛 베를 짠다.

아이지깽 도요하시시 하시라쬬 도고 산주 이찌노 니반찌

　거미줄과 집과 이야기는 독자적인 구조와 오랜 시간을 요한다는 점에서 상통한다. 오래된 집에는 오래된 거미가 살고 그 거미의 집은 크고 질기다. 늘 실을 뽑아 베를 짜며 오래된 집을 지키는 어머니의 생은 거미의 그것과 흡사하다. 베를 짜며 어머니가 늘어놓는 이야기는 길쌈만큼 길고 구성지다.

　어머니의 이야기는 일제 강점기와 해방기를 넘어 지속된 궁핍과 질곡의 역사를 고스란히 함축한 개인사이다. "―니라"는 독특한 어조로 줄기차게 이어지는 이야기는 어머니가 온몸으로 뽑아놓는 전생全生이다. 기억의 세포 깊숙이 새겨진 이국땅의 주소로부터 그것은 시작된다. 이국땅에서 나고 자라다 해방을 맞아 귀국길에 오르게 되는데, 그 고단한 엑소더스로 인해 가족사는 또 한 번 비틀리고, 결혼생활 또한 편치 못했던 것이다. 이 시는 현대사의 굴곡을 관통하며 구시대의 습속까지 견뎌 내야 했던 불운한 세대의 사연을 대변한다. 거미줄처럼 끝없이 이어지는 이야기로 길쌈의 지루함을 견뎌 냈던 거대한 거미 어머니의 능변으로 이루어진 또 하나의 "은빛 베"이다.

손 수 진
1963년 안동 출생.
2005년 『시와사람』 등단.

질 투

손 진 은

세상 가장 맑은 눈을 가진 생물은
파리라지
수천 홑눈으로 짜 올린 겹눈
흰 천보다 순금보다 거울보다 맑게 빛나게
두 손으로 두 팔로
밤이고 낮이고 깎아낸다지
그렇게 깎인 눈 칠흑의 어둠도 탄환처럼 뚫을 수 있다지
꿀이 있는 꽃의 중심색이 더 짙어지는 걸 아는 것도
단숨에 그 깊고 가는 통로로 빨려드는
격렬한 정사情事도
다 그 눈 탓이라더군
공중을 날면서도 제자리 균형 잡아주는
불붙는 저 볼록거울!
세상에 절여진 눈 단내가 나도록 깎고 깎아야
자신이든 적이든 먹잇감이든 제대로 보이는 법
같은 태생이면서도 짐짓
잘못한 것도 없으면서 손 비빈다고
날마다 닦아야 할 죄가 무어 그리 많으냐는 뾰로통한 입들에게
폐일언하고

눈알부터 깎으라고
부신 햇살 떠받치며 용맹정진하는
파리 대왕, 파리 마마들
소리들이
천둥같이 쏟아진다

해설 이혜원

이 시는 파리에 대한 의외의 지식을 제공한다. 혐오동물에 해당하는 파리
가 세상에서 가장 맑은 눈을 가졌다니! 그것도 그저 타고난 것이 아니라 밤낮
문지르고 깎아내어 얻은 것이라니! 그토록 정성껏 마련한 눈으로 파리는 자
신의 생에 충실을 다한다. 세상에 흐려지는 눈을 깎고 또 깎아 제대로 보려
한다.

이왕 시작된 시인의 파리 탐색은 이쯤에서 끝나지 않는다. 파리의 세계에
서도 더 부지런한 파리와 좀 게으른 파리가 있을 것이다. 늘 잘못했다고 비는
듯한 비굴한 몸짓에 대한 불만도 있을 것이다. 그런 불평분자들에게 큰소리
칠 수 있는 파리는 쉼 없이 눈알을 깎으며 용맹정진하는 파리 대왕, 파리 마
마들일 것이다. 성난 듯 윙윙대는 날갯짓을 그들의 호통으로 치환하는 상상
이 재미나다.

혼탁한 세상을 사는 처지는 같지만 인간의 눈은 파리만큼 맑지 않다. 자신
도, 적도 제대로 보지 못한다. 이 시는 맑은 눈으로 세상을 간파하며 뛰어난
분별력을 유지하는 파리에 대한 인간의 질투를 그린 특이한 발상의 시이다.

손 진 은
1959년 경북 안강 출생.
1987년 『동아일보』 등단.
시집 『두 힘이 숲을 설레게 한다』 『눈먼 새를 다른 세상으로 풀어놓다』.

나무의 수사학 3

손 택 수

식육점 간판을 가리다
잘려나간 나뭇가지 끝에
물방울이 맺혀 있다
흘러갈 곳을 잃어버린 수액이
전기 톱날자국 끝에 맺혀 떨고 있는 한때
나무에게 남아 있는 고통이 있다면 이제는
아무런 고통도 느껴지지 않는다는 것
수로를 잃은 물방울이 떨어질 때의 그
아찔하던 순간도 잠시
빈 소매를 펄럭이듯,
팔 없는 소맷자락 주머니에 넣고 불쑥
한 손을 내밀듯
초록에 묻혀 있는 나무
환지통을 앓는 건 어쩌면
나무가 아니라 새다
허공 속에 아직도
실핏줄이 흐르고 있다는 듯
내려앉지 못하고 날갯짓
날갯짓만 하다 돌아가는,

식육점 간판을 가린다고 가로수는 가지가 잘리고, "잘려나간 나뭇가지 끝에/물방울이 맺혀 있다". 그렇게 한쪽 팔을 잘리고도 나무는 "초록에 묻혀 있"다. "남아 있는 고통이 있다면 이제는/아무런 고통도 느껴지지 않는다는 것". 의연함인가 무감함인가. 저 나무의 풍모에는 인욕고행을 치르는 성자다움마저 어려 있다.

도회의 가로에 심겨 터무니없는 소음과 불면 가운데서도 꽃을 피운다는 것, 그것도 꽃이라고 벌, 나비들이 오간다는 것, 그것이야말로 견디기 어려운 치욕이라고 손택수는 그의 나무 연작들에서 말해왔다. 그의 나무는, 나무인 동시에 고향을 떠나거나 뿌리 뽑힌 사회적 약자의 의인화로 읽힐 부분이 많다.

잘려나간 가지의 환지통幻肢痛을 나무는 내색하지 않지만, "내려앉지 못하고 날갯짓/날갯짓만 하다 돌아가는" 저 새의 통증! 이 '식육점'의 여름을 어떻게 지나갈 것인가.

손 택 수
1970년 전남 담양 출생.
1998년 『한국일보』 등단.
시집 『호랑이 발자국』 『목련전차』 등.

윅또르와 나

—다닐로 키슈에게

신 동 옥

　야생호랑이 가죽을 뒤집어쓰고 쫓기듯 허적허적 피신하는 그를 본다 지구상의 모든 신들이 한꺼번에 점지한 마지막 날인 듯, 바람에 쫓기는 구름처럼 적진을 향해 돌진하는 그를 본다 타버린 민둥산 그루터기 위에 앉아 나이테의 중앙에 단도를 꽂고 어느 완고한 미학주의자와 에로스와 윤리에 대한 무모하고 또 격렬한 논쟁을 벌이는 그를 본다 인두로 달군 태양이 작열하는 남국의 항구 등대에 앉아 핏물 드는 륙색을 헤치고 머리칼을 쥐어뜯으며 논쟁의 대가로 거머쥔 이름 없는 논객의 성대를 꺼내 헤아리는 그를 본다

　자유와 폭정과 피정과 봉기와 군정과 왕정과 복고와 혁명과 보수와 극렬이 무수히 갈라지고 다시 잇대기를 연거푸 반복하는 異國의 시골 골방에 앉아 전파의 계시를 듣는 그를 본다 갈라터지는 단어들 떠돌다가 다시 뭉치는 발음들 하늘에 교교히 떠가는 의미들을 뒤집어쓴 채 낡은 책장 속으로 고꾸라지는 그를 본다 허리에 포도주를 가득 채운 수통을 차고 낡은 노트 한 권을 껴안은 채 손가락을 하나씩 하나씩 꺾으며 자신의 품에 안겨 죽어가는 작은 반도의 작은 詩國의 동포를 애써 흔들어 깨우는 그를 본다

　聖域 안쪽에서 밖을 향해 핏발 선 기도문을 읊조리다 끝내는 실신

98

해 쓰러지는 단식노동자 넋이 나가버린 최후의 전갈을 듣는 그를 본다 더러운 붕대를 빨아 발목에 동여매고 구름언덕을 향해 걷는 그를 본다 세상에 나오지 않은 언어로 세상에서 처음 보는 하아얀 피부의 발가벗은 아이에게 자장가를 불러주는 성녀처럼, 마침내는 쓰러진 그의 이마를 쓸어내리는 아내에게 대답을 건네려 애쓰는 그를 본다 한 됫박의 물을 벌컥벌컥 들이켜는 그를 본다 반쯤 잠이 든 채 꿈을 꾸듯 미친 듯 낡은 수첩 위에서 팔을 놀리는 그를 본다

뒷골목 지하클럽에서 술집에서 바에서 세상에는 흥미를 잃은 감상적 아나키스트 동맹이 부르는 철 지난 엘레지에 장단을 맞추며 고개를 끄덕이는 그를 본다 편두통과 안구충혈과 복통의 길을 걷는 그를 본다 벌거벗은 몸을 웅크리고 자신만의 사령부를 향해 죽을힘으로 모스부호를 타전하듯 노래를 이어가는 그를 본다 핏덩이와 정액과 밥찌끼와 넝마가 쌓인 욕조에 몸을 기댄 채 면도기로 인중을 밀고 있는 그를 본다 붉은 양초를 밝히고 낡은 경전에 영혼을 숨기는 그를 본다 마지막에는

바다를 마주한 절벽 초막에 앉아 종일 똑같은 노랠 부르고 종일 똑같은 글귀를 뒤적이고 종일 취해 잠들었다가 영영 깨어나지 않을 것처럼 부러, 힘주어 눈을 질끈 감는 그를 본다

* 최 윅또르의 「슬픔」을 들으며 글을 읽으세요.

　근래 보기 드물게 열광적으로 내달리는 이 멋진 문장들을 그냥 즐겨도 좋지만, 이 시와 연결돼 있는 두 사람을 염두에 두고 읽으면 더 좋다. 아시다시피 빅토르 최(1962-1990)는 구소련의 한국계 록커. 십 대 후반부터 보일러실의 화부火夫로 일하면서 음악을 만들었고, 1990년 모스크바 공연에서 7만 6천 명을 불러 모았으며, 2개월 후 버스와 정면충돌해 스물아홉 살의 나이로 요절했다. 다닐로 키슈는 옛 유고슬라비아 출신 작가. 이 시는 빅토르에게서 받은 시적 에너지를 다닐로 키슈 쪽으로 받아넘긴다. 빅토르와 시인이 "詩國의 동포"라는 것은 잘 알겠는데, 다닐로 키슈는 어째서 호출된 것일까. 『보리스 다비도비치의 무덤』 읽고 직접 짐작해보시길. 충분히 그럴 만한 시가 아닌가.

　추신 1) 이 시인은 '빅토르 최'를 왜 '최 윅또르'라고 부르는 것인지?

　추신 2) 빅토르의 노래 「슬픔」을 들으면서 시를 읽으라는 시인의 말을 흘려듣지 마시길. '슬픔'이라는 제목과 기묘하게 어울리는 낙관적인 사운드가 시인의 문장들을 150%로 만든다.

신 동 옥
1977년 전남 고흥 출생.
2001년 『시와반시』 등단.
시집 『악공, 아나키스트 기타』.

꽃의 빙의

꽃이 허공에서 작두를 탄다

바람은 꽃의 법당이었다

봄 논 활대로 휘는 물살 법석에 저녁의 사위가 팽팽하다 몸 바꾸
는 흰 꽃, 붉은 꽃

오래 잊은 이의 품새를 닮았다,
이승에 풀린 저승의 법계

저 춤사위 어디쯤, 촛대를 꽂고 판을 벌이고 싶다
징을 쳐주고 싶다

지구는 낮밤을 섞으려 돈다─배냇적 수술칼에 잘려난 버들치의
울음을 들려다오!
이승으로 열린 저승의 입

기름불에 쫓기는 고라니의 비명을 전해다오!
이승으로 열린 저승의 귀,

낮밤을 섞어 꽃물 지는 노을이
오래 잊은 이의 낯빛을 닮아서

무논에 비친 애장터 가막골이 휘는 물살에 한 법 한 법을 흔들어
매는 저녁
개구리가 폴짝, 가막골을 넘는다

가막골 흰 꽃 건너 붉은 꽃

바람에 이리저리 흔들리는 꽃을 보며 시인은 작두를 타는 무당을 연상한다. 누군가의 혼을 실어 신명을 다해 춤추는 꽃. 꽃의 빙의로 "오래 잊은 이의 품새"가 살아난다. 바람이 강해지는 저녁 무렵은 이승과 저승, 낮과 밤의 경계가 섞이는 시간이다. 이승으로 열린 저승의 입과 귀로, 억울하게 죽어간 온갖 미약한 존재들의 원혼이 출현한다. 가장 여리고 섬세한 꽃이 그들의 혼을 실어 춤춘다. 꽃의 한판 춤에 취한 듯 낮밤이 섞이며 노을 진다. "무논에 비친 애장터 가막골"을 개구리 한 마리 가볍게도 넘는다. 생명이 움트는 무논 위로 다시 이승이 열린다.

신 용 목
1974년 경남 거창 출생.
2000년 『작가세계』 등단.
시집 『그 바람을 다 걸어야 한다』 『바람의 백만번째 어금니』 등.

부활절 전야

조심해.
부활절 계란을 소금에 찍어 먹으면
벌을 받을 거야.

그것은 이웃의 말이었다.

이웃의 방문은 느닷없는 것이었지만
그는 경험이 풍부하고
똑똑한 사람이다.

나는 이웃의 손을 잡고
눈물을 펑펑 흘리며
짠맛이 다 죽은 소금이라면 어떻겠느냐고 물었다.

이웃의 손은 미끄러웠다.
이웃의 눈은
백내장 같은 것을 앓고 있었다.

그렇다면 나는

어떤 자세로 내일을 맞이해야 하는가.

차라리 이웃과 결혼을 하면 어떠한가.

계란을 삶으며 나는 오늘
이웃의 입과
곤계란을 먹는 나자로를 상상하며
나의 미래가 불안하다.

산문으로 옮겨 적을 수 없어야 진짜 시라면, 이것은 정말 시구나, 싶습니다. 부활절 전야에 겪은 사소한 사건 때문에 미래에 대해 설명할 수 없는 불안감에 빠지는 이야기? 문장을 끝맺기도 전에 이게 아닌데 싶어집니다. 예컨대, "눈물을 펑펑 흘리며/짠맛이 다 죽은 소금이라면 어떻겠느냐고 물었다." "차라리 이웃과 결혼을 하면 어떠한가." 같은 부분이 뭔가를 툭 치고 갑니다. 이 난데없는 '눈물'과 '결혼'이 전달하는 정서적 흔들림을 어떻게 설명해야 하나. 아닌 게 아니라, 설명할 수 없는 정서를 창조하는 게 예술의 임무라고 말한 이론가도 있었지요. 일상적인 사건을 일상적인 언어로 서술하는 듯 보이는데도 그 과정에서 사건과 언어가 낯설어지면서 그 결과물은 지극히 비일상적인 정서를 창출해내고 있으니 참 기묘한 재능. 유사한 스타일을 공유하는 동료들이 없는 것은 아니지만 이 시인은 그중에서도 독보적입니다.

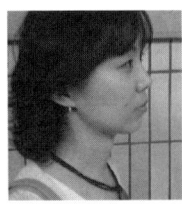

신 해 욱
1974년 춘천 출생.
1998년 『세계일보』 등단.
시집 『간결한 배치』.

우체부는 더 빨리 걷지 않는다

신 현 정

우체부가 지나가니까 들국이 소담하니 핀다

개똥지바퀴가 우는가 하면

어느 담 밑에 늦은 과꽃은 세 번을 벨을 가장해 울기도 한다

거 우체부 아저씨 조금만 빨리 걸으시면 안 되나

늘 그 걸음이다

기쁜 일이거나 슬픈 일이거나 항시 그 걸음이다

아예 자전거는 옆구리에 모시고 다니신다

염소에게 글을 가르치시나

담배 한 대 더 태우고야 엉덩이를 턴다

이 세상에서 가장 아름다운 누나도 기다림이 된 지 오래다

오늘은 유난히 행낭이 불룩하시다

하, 새끼 기러기 몇 마리 목을 내밀고 있다

그렇다고 걸음이 더 빨라지지 않는다

그 걸음으로 저기 저 달까지 무난히 갈 것을 내 믿는다.

우체부 아저씨는 마치 왕이다. 불룩한 행낭은 메고, "아예 자전거는 옆구리에 모시고" 천천한 걸음에 염소와 기러기도 데불고 온갖 꽃들 피우며 간다. "저기 저 달까지 무난히" 가자면 적어도 이쯤의 걸음은 되어야 하지 않을까. 여기에 대면, 아폴로니 나로호니 하는 것은 원 유치하고말고. 이 우체부 아저씨쯤이라면 달빛이나 무지개를 타고 자전거를 달려 달에 이를 수 있을 것이다.

그 답답하고 더딘 걸음의 평화와 향기와 슬기로움을 읽어내는 이 무사무욕과 무구의 장난기로 해서 시인은 게으르고 마음씨 좋으신 하느님 같다. 이런 시 앞에서 불가불 우리는 눈이 맑아지고 배가 불러지지 않겠는가. 그런데 사족이지만, 나는 신현정 시의 아름다움과 평화 속에 왠지 구라파 동화의 번역 같은 분위기가 때로 느껴지는 것이 사소하게는 불만이다.

신 현 정
1948년 서울 출생.
1974년 『월간문학』 등단.
시집 『대립』 『염소와 풀밭』 『자전거 도둑』 『바보사막』.

좋은 일들

심 보 선

오늘 내가 한 일 중 좋은 일 하나는
매미 한 마리가 땅바닥에 배를 뒤집은 채
느리게 죽어가는 것을 지켜봐준 일
죽은 매미를 손에 쥐고 나무에 기대 맴맴 울며
잠깐 그것의 후생이 되어준 일
눈물을 흘리고 싶었지만 눈물이 흐르진 않았다
그것 또한 좋은 일 중의 하나
태양으로부터 드리워진 부드러운 빛의 붓질이
내 눈동자를 어루만질 때
외곽에 펼쳐진 해안의 윤곽이 또렷해진다
그때 나는 좋았던 일들만을 짐짓 기억하며
두터운 밤공기와 단단한 대지의 틈새로
해진 구두코를 슬쩍 들이미는 것이다
오늘의 좋은 일들을 비추어볼 때
어쩌면 나는 생각보다 조금 위대한 사람
나의 심장이 구석구석의 실정맥 속으로
갸륵한 용기들을 알알이 흘려보내는 것 같은 착란
그러나 이 지상에 명료한 그림자는 없으니
나는 이제 나를 고백하는 일에 보다 절제하련다

발아래서 퀼트처럼 알록달록 조각조각
교차하며 이어지는 상념의 나날들
언제나 인생은 설명할 수 없는 일들투성이
언젠가 운명이 흰수염고래처럼 흘러오겠지

심보선의 시들은 '웃음'으로 '슬픔'을 드러내고 '좋은 일들'로 '슬픈 일들'을 이야기한다. 습관적인 그의 반어법을 작동시키는 원리는 벗어날 수 없는 비애이다. 고백의 형식으로 자신의 일상사를 펼치고 되돌아보면서 그는 늘 슬픔이 편재하는 삶을 확인할 뿐이다. 이 시에서는 무력한 개인이 행할 수 있는 미약한 선행을 자조적으로 되돌아본다. 매미 한 마리의 죽음을 지켜봐준 일은 좋은 일이긴 하나 슬픈 일이다. 눈물을 흘리고 싶었지만 눈물이 흐르지 않은 것은 슬프지만 좋은 일이다. 고작 이런 사소한 일과 애매한 감정에 맥없이 붙들려 있을 정도로 일상은 왜소하고 초라하다. 사소한 일에 집착하는 자신에 대해 자조했던 김수영과는 또 다른 방식으로 그는 사소하기 그지없는 일상에서 헤어날 길 없는 슬픔을 느낀다. 좋은 일은 좀체 없고 별다를 것 없는 고백은 지루해진다. 이렇게 한 세월 가다 보면 문득 "운명이 흰수염고래처럼 흘러"올 것이다. 일상은 초라하지만 그것을 이어붙이면 퀼트처럼 알록달록 볼만하다. 무미한 일상을 오려내어 상념과 상상으로 이어붙인 그의 시처럼.

심 보 선
1970년 서울 출생.
1994년 『조선일보』 등단.
시집 『슬픔이 없는 십오 초』.

팔레스타인 1,300인
—그들은 전사하지 않고 학살당했다

사자가 얼룩말을, 매가 들쥐를 잡아먹듯
개나 소나 잡아먹는 것은 그렇다 치고
먹지도 않는 인간을 인간이 죽이는 것은
자연에서도 거의 볼 수 없는 것이므로 이쯤 되면
자연스럽다는 말은 인간에게서 거두어야 한다

자연스럽지 못한 인간의 역사 앞에서
나는 인간의 무딘 어금니를 증오한다
사자가 얼룩말을 제압하는 것처럼
인간이 인간을 제압할 수 없는 퇴화된 어금니의 역사에는
다수를 향한 살기를 품은 칼의 발전사가 내장되어 있다
사자 같았다면 최소한 대량학살은 없었을 것이다
명백히 인간이 자행한 칼의 역사다 그러므로
나는 인간의 귀여운 발톱을 증오한다
매가 들쥐를 낚아채올리는 것처럼
인간이 인간을 포획할 수 없는 퇴화된 발톱의 역사에는
불특정 다수를 겨냥한 살의를 품은 총의 발전사가 암장되어 있다
매 같았다면 최소한 무차별 학살은 하지 않았을 것이다
명명백백 인간이 자행한 총의 역사다

자연으로 돌아가자는 말보다 더 낭만적이겠지만
먹지 않으려면 죽이지 마라
사람을 죽여서 먹는 것이 땅이라면 땅을 죽여라
오래된 신화나 낡은 종교나
고리대금의 자본이나 석유 냄새 나는 배후나
거대한 제국의 그림자거나 값싼 민족주의거나
혹은 집 없는 설움이거나
사람을 죽여서 얻을 수 있는 상찬은 없다
바이블에서 가르치듯이
네 손에서 하나 되는 것은 죽임이 아니라 평화다
미안하게도 디아스포라는 이제
세계를 떠도는 모든 사람들의 대명사로는 부적절하다
사람을 죽여서 먹는 것이 땅이라면 발 딛고 선 땅을 죽여라
실로 몇천 년 전 황망한 시온의 꿈으로 돌아가는 것보다
차라리 날카로운 어금니를 기르고
매서운 발톱을 세우는 것이 훨씬 평화에 가깝다

절망한다, 인간의 역사 속에서 절대 실망시키지 않는 절망
이마에 총 맞은 팔레스타인 소년의 주검
상처를 틀어막은 아비의 손을 슴벅슴벅 비집고 나오는
어린 삶의 무표정한 최후진술
어느 때 어디서고 불쑥불쑥 나타나는 절망
총구를 당기는, 미사일의 단추를 누르는 귀여운 손톱
학살게임을 하며 미소 짓는 병사의 새하얀 송곳니

군홧발 속에 가지런한 발톱
내 몸에도 남아서 총칼의 진보를 인정하고 있는
그들의 발톱과 송곳니를 닮은 나를 절망한다

먹지도 않을 인간을 인간이 죽이는 것은 학살이다
땅을 먹으려거든 땅을 죽이는 것이 마땅하다
그것이 네 손 안에 하나 되는 평화에 가깝다

　이스라엘의 가자지구 공습으로 지난겨울 팔레스타인 주민 1,300여 명이 죽었다(확인된 이스라엘 측 희생자는 14명이라고 알려져 있다). 수십 년을 두고 끊임없이 반복되는 이 살육. 그곳뿐인가. 아프가니스탄과 이라크와 르완다와 소말리아, 문명국을 자처하는 나라의 뒷골목에도 세상이 버린 사람들로 즐비하다.

　인간에 의한 인간 살육들 앞에서 이 시는 "먹지 않으려면 죽이지 마라"고, "땅을 먹으려거든 땅을 죽이는 것이 마땅하다"고 절규하고 있다. 먹으려는 것이 땅이거든, 사람을 죽이지 말고 차라리 땅을 죽여서 먹으라는 것이다. 억지스러운가. 먹지 않을 것을 죽이는 예는 자연 속에서는 거의 없다는 것이다.

　이 패륜의 악순환 복판에 자신을 던져 넣어 앓았던 시인들이 있었다. 80년대의 시인 김남주, 「오적」「비어」의 시인 김지하의 70년대가 떠오른다. 오늘 누가 있어 이 잔인의 세월을 크게 한 번 소리쳐 울겠는가.

안 상 학
1962년 경북 안동 출생.
1988년 『중앙일보』 등단.
시집 『그대 무사한가』『안동소주』『오래된 엽서』『아배 생각』.

마감뉴스

여 태 천

오늘 밤 내가 사는 이곳은 조용하다.
막 피어난 꽃, 향기가 날 듯 말 듯
바람은 불어
그 바람에 가는 비 조금 오고.
내가 사는 작은 동네에
아주 조금 비가 와서
버스는 제때 오지 않아
버스를 타지 않으리라고
굳게 마음먹는 그런 밤이다.
사실은 저 혼자 떨어져내린 명자꽃 때문이다.
먼저 간 마음 같은 이름 때문이다.
사실은 아무 일도 없다는
오늘의 마감뉴스 때문이다.
어처구니없는 사실에
먼 타지에 마음을 부려버린 남자처럼
오늘 밤은 조용하다.
다른 것을 생각할 수 없어
저물지 말았으면 하는 밤이다.

　너무나 조용한 풍경이다. "향기가 날 듯 말 듯" 바람은 불고, 그 바람에 가는 비가 "조금 오고" "작은 동네"에도 "아주 조금 비가 와서", 버스는 "제때 오지 않"는 그런 밤이다. 한없이 미미하고 흐릿한 풍경 사이로 "명자꽃"이 떨어져내린다. 너무 소박해서 슬픈 이름의 명자꽃이 소리 없이 진다. 이토록 조용하고 미약한 존재들이 다가오는 밤이기에 "아무 일도 없다는/오늘의 마감 뉴스"가 유난히 삭막하게 들린다. 오늘은 아무 일도 없지 않았다. 향기가 날 듯 말 듯 바람이 불어, 그 바람에 가는 비도 좀 오고, 비가 조금 오는 바람에 버스가 제대로 오지 않아 버스를 타지 않으리라 굳게 마음먹은 특별한 날이다. 무엇보다 오늘은 명자꽃이 "저 혼자서 떨어져내린" 날이다. 작은 동네의 조용한 풍경들이 그윽하게 다가오며 마음을 가득 채워 "저물지 말았으면 하는" 특별한 밤이다.

여 태 천
1971년 경남 하동 출생.
2000년 『문학사상』 등단.
시집 『국외자들』 『스윙』.

부르주아

오 은

우리는 성姓이 없다. 우리는 단독이면서 여럿이다. 우리는 모피코트와 스포츠카로 사람들을 기죽인다. 우리에겐 아우라가 무기다. 총칼을 빼들 하등의 이유가 없다. 펜은 수표에 서명할 때나 필요한 것이다. 우리는 그저 파이프를 물고 얼음이 든 스카치나 마시면 된다. 그게 우리의 포즈다.

우리에게 성性은 중요치 않다. 우리는 혈관을 열지 않아도 상대의 푸른 피¹⁾를 감지할 수 있다. 이래 봬도 우리는 고상한 구석이 있다. 우리는 파티를 열고 정중하게 인사를 나눈다. 칵테일 새우를 허겁지겁 먹다가도 왈츠곡이 흘러나오면 기막힌 스텝을 선보일 수 있다. 그게 우리의 능력이다.

우리는 여간해선 성을 내지 않는다. 우리는 하인을 시켜 소리 소문 없이 일을 처리한다. 난롯가에 앉아 뼈다귀 던지듯 돈다발만 던지면 되는 것이다. 우리는 우리 편에게만큼은 집요할 정도로 너그럽다. 이것이 우리가 세력을 확장하는 방식이다. 그동안 우리는 많이 벌고 많이 쓰면 된다. 그게 우리의 규칙이다.

우리는 속된 말로 성스럽다. 우리는 성과 속 사이에서 아슬아슬하게 줄타기를 한다. 세상이 돌아가는 원리에 따라 우리는 돈을 투자하고 기도를 한다. 우리는 언제든 치고 빠질 준비가 되어 있다. 우리는 우리가 지닌 은밀한 매력을 자랑스럽게 생각한다.[2] 그렇게 우리는 가 닿지 못할 가능성으로, 가당치 않은 불가능성으로 남는다. 그게 바로 우리다.

우리는 너무도 떳떳해서
더 이상 성城 안에 살지 않는다.

1) '푸른 피blue blood' 란 단어는 귀족의 혈통이나 부유한 명문 집안의 사람들을 일컫는 데 사용된다.
2) 루이스 부뉴엘의 영화 「부르주아의 은밀한 매력」에서 인용.

아시다시피 '부르주아'는 '성城 안 사람'이라는 뜻입니다. 이 시의 동력은 저 '성'을 네 종류의 동음이의어로 대체하는 말놀이, 이 시의 화법은 시인의 속내와 화자의 진술을 서로 어긋나게 하는 아이러니, 이 시의 목표는 부르주아의 재규정 및 풍자, 라고 정리할 수 있겠네요. 말놀이와 아이러니와 풍자라니, 어느 하나 만만치 않은 작업. 왜? 너무 쉽기 때문에. 시에서는 본래 쉬운 것이 더 어렵습니다. 본래 어려운 것은 성공과 실패의 여부를 감출 수 있지만, 본래 쉬운 것은 패를 다 꺼내놓고 하는 게임 같은 것이어서 숨기기가 어렵지요. 자, 이 시는 이만하면 패를 다 꺼내놓고도 이긴 게임이라 할 만합니다.

오 은
1982년 전북 정읍 출생.
2002년 『현대시』 등단.
시집 『호텔 타셀의 돼지들』.

遮日

오 탁 번

새벽에 오줌이 마려워서 잠이 깼다
어?
웬일이지?
아직 동도 트지 않았는데
웬 遮日을 다 치시나?
어제는 혈당검사 받느라고
피도 꽤 뽑았는데
무슨 기운이 남아서
아닌 꼭두새벽에
內服빛 遮日을 다 치시나?
소나기 주룩주룩 퍼붓는
대낮 길가에서도
한밤 막소주 마시는
포장마차 동글의자에서도
불끈불끈 遮日을 치던
그 옛날의 靑年이
하도 반가워서
잠든 아내
슬쩍 건드려나 볼까 했는데

나 원 참,
볼일 보고 나니
금세 쪼그랑 막불경이가 되네

해설 이혜원

　오탁번의 시는 종종 '시는 재미와는 거리가 멀다'는 고정관념을 가볍게 깨트린다. 시인은 근래 더욱 자주 웃음과 즐거움을 주는 유쾌한 시를 선사한다. 시에서는 잘 다루지 않는 성적 농담도 자연스럽게 구사한다. 연륜을 더할수록 무게를 잡기보다는 가벼움을 지향한다. 이처럼 시인들의 통상적 행보와 역행하는 방식으로 그의 시는 갱신의 힘을 얻는다.

　「遮日」의 시적 재미는, 자신의 의지와 상관없이 작동하는 노년의 몸을 바라보는 시선의 여유에서 발생한다. 자신의 몸조차 신기해하며 호기심에 차서 관찰하는 어린아이 같은 시선과 천진한 어조가 시에 생기를 부여한다. 경화될 기미가 안 보이는 시인의 유연한 사유는 흔치 않은 천부적 자산이다.

오 탁 번
1943년 충북 제천 출생.
1967년 『중앙일보』 등단.
시집 『겨울강』 『1미터의 사랑』 『벙어리장갑』 등.

표창을 날리다

우 대 식

중지와 인지에 날렵한 한 쪽 날을 끼고
검푸른 창공을 향해 표창을 날린다
달을 뚫고
엄연한 슬픔마저 갈기갈기 찢고 날아가
힘이 다했을 때
그대 무릎에 가 닿아라
그대 흰 속살에 가 닿아라
저 별은 빛나건만
서늘함에 그대 온몸 떨어라
그대 흘린 몇 방울 피로
나의 슬픔은 귀환하여
오래된 말구유에 고인 빗물에
하룻밤만
잠을 자고 일어나리

맑게 여윈 어깨를 털고
어느 사막의 남극이 되어
푸른 밤하늘을 길게 울리야

　우대식의 근작들을 받치고 있는 '무협적' 상상력은 매력적이다. 무협적 판타지의 숨은 본질은 생의 아름다운 완성에 대한 강렬한 동경이다. 그에 동반되는 일말의 의고성 역시 고전적인 전아함을 향한 그리움의 표현으로 읽혀야 할 것이다(왕가위의 영화「동사서독」을 상기해봄 직하다). 무협적인 것을 구성하는 낭만적 환상성과 어조의 고전적 비장미는, 저 개기름 흐르는 야비한 현실에 맞서는 고독한 영혼이 불가피하게 취하는 포즈의 아름다움에 상응하는 것이다.

　검푸른 창공을 향해 날려진 '표창鏢槍'의 이미지는 얼마나 소슬한가. 그 고독한 협객에게는 먼 곳에 순결한 애인이 반드시 있는 법, 그러나 "그대 무릎" "그대 흰 속살"에 닿는 것은 "힘이 다했을 때"라야 마땅하다. 그 '힘 다함'의 마음 가난함일 때만이 우리는 "그대 흘린 몇 방울 피"로 "맑게 여윈 어깨"를 회복할 수 있는 까닭이다. 그러한 부활과 재생의 의례를 거쳐서 우리는 다시 "어느 사막의 남극이 되어/푸른 밤하늘을 길게 울" 수 있을 것이기에.

우 대 식
1965년 강원 원주 출생.
1999년 『현대시학』 등단.
시집 『늙은 의자에 앉아 바다를 보다』 『단검』.

어머니 발톱을 깎으며

유 강 희

햇빛도 뼛속까지 환한 봄날
마루에 앉아 어머니 발톱을 깎는다

아기처럼 좋아서
나에게 온전히 발을 맡기고 있는
이 낯선 짐승을 대체 무어라고 불러야 할 것인가

싸전다리 남부시장에서
천 원 주고 산 아이들 로봇 신발
구멍 난 그걸 아직도 신고 다니는
알처럼 쪼그라든 어머니의 작은 발,

그러나
짜개지고, 터지고, 뭉툭해지고, 굽은
발톱들이 너무도 가볍게
톡, 톡, 튀어 멀리 날아갈 때마다
나는 화가 난다
봄이라서 더욱 화가 난다

저 왱왱거리는 발톱으로
한평생 새끼들 입에 물어 날랐을
그 뜨건 밥알들 생각하면
그걸 철없이 받아 삼킨 날들 생각하면

늙어 다시 철없는 아기가 된 어머니가 있다. "알처럼 쪼그라든 어머니의 작은 발"을 잡고 마루에 앉아 발톱을 깎는다. "아기처럼 좋아서/나에게 온전히 발을 맡기고 있는/이 낯선 짐승을 대체 무어라고 불러야 할 것인가".

"이 낯선 짐승"의 뜨거운 참람함이 누군들 콧날 시큰하고 가슴 미어지지 않겠는가. 그 발톱으로 "물어 날랐을" "뜨건 밥알들"과 "그걸 철없이 받아 삼킨 날들 생각하면" 기막히다 못해 어찌 화가 나지 않겠는가.

터무니없는 패륜적 상상력이 횡행하는 시대에, 인륜의 지당함을 외피로 해서 진정성으로 안을 가득 채운 이런 시편에 대해, 이의가 있을 수 없다. 불만이라면 바로 그 '지당함'이 다소 불만이다.

유 강 희
1968년 전북 완주 출생.
1987년 『서울신문』 등단.
시집 『불태운 시집』 『오리막』 등.

이제 바퀴를 보면 브레이크 달고 싶다

윤 재 철

바퀴는 몰라
지금 산수유가 피었는지
북쪽 산기슭 진달래가 피었는지
뒤울안 회나무 가지
휘파람새가 울다 가는지
바퀴는 몰라 저 들판
노란 꾀꼬리가 왜 급히 날아가는지

바퀴는 모른다네
내가 우는지 마는지
누구를 어떻게
그리워하는지 마는지
그러면서 내가 얼마나 고독한지
바퀴는 모른다네

바퀴는 몰라
하루 일 마치고 해질녘
막걸리 한 잔에 붉게 취해
돌아오는 원둑길 풀밭

다 먹은 점심 도시락가방 베개 하여
시인도 눕고 선생도 눕고 추장도 누워

노을 지는 하늘에 검붉게 물든 새털구름
먼 허공에 눈길 던지며
입에는 삘기 하나 뽑아 물었을까
빙글빙글 토끼풀 하나 돌리고 있었을까
하루해가 지는 저수지길을
바퀴는 몰라

이제 바퀴를 보면 브레이크 달고 싶다
이제 너무 오래 달려오지 않았나

증기기관의 발명 이후 바퀴는 이전의 우차나 자전거 시절의 바퀴와는 그 사회경제적 지위가 비할 수 없이 달라졌다. 기차와 자동차의 바퀴, 「모던 타임스」의 톱니바퀴들을 보라. 바퀴가 상징하는 저 속도 숭배, 독선적인 직선의 시간들, 그리고 그에 기초한 오늘의 우리 삶에 대한 따뜻한 반성을 이 시는 함축하고 있다. 바퀴의 맹목 곁에서 시인은, 산수유와 진달래와 회나무와 휘파람새와 꾀꼬리의 원만한 시간을, 그리움과 고독을, "하루해가 지는 저수지 길"의 평화와 휴식의 시간을 시인은 나직하게 호명하는 것이다.

이 시는, 담겨 있는 메시지보다도 시를 이루고 있는 부드럽고 순하고 완만한 어투로 해서 아름답다. 생태적 상상력, 자연친화적 상상력을 표방하는 작품들이 사납고 공격적인 기운에 실릴 때 우리는 곤혹스럽다. 어떤 어려움 앞에서도 우아하며 서늘하기를 잃지 않기를 기대하는 것이 무리이겠는가.

윤 재 철
1953년 충남 논산 출생.
1981년 '오월시' 동인으로 작품활동 시작.
시집 『아메리카 들소』 『그래 우리가 만난다면』 『생은 아름다울지라도』 『세상에 새로 온 꽃』 『능소화』.

새드 무비

이 근 화

탕탕 씩씩하게 못 박히는 기분으로……

달릴 때 달리면서
내가 느려지고 있을 때
옆집 애가 지나가고
나는 총알처럼 뜨거워졌다

끝까지 달려서 슬픔에 빠질까
더러워진 깃발을 꽂을까
영화관의 어둠 속에서 남자애들과 입을 맞추고
단숨에 키가 커버린 것처럼……

나는 누워서 넘어진 나를 생각하고
일어서는 나와 눈을 맞춘다
나는 누워서 일요일이 부르는 나와
소리치는 나를 생각한다

달력처럼 큰 목소리로……

해설 이혜원

아무리 달려도 발걸음이 잘 떨어지지 않는 악몽을 꿀 때가 있다. 현실도 그와 다르지 않을 것이다. 아무리 달려도 제자리걸음인 내 옆으로 옆집 애가 지나가는 느낌. 이런 힘겨운 경주에서 끝까지 달리면 어떻게 될까? 참담한 결과에 슬퍼할 수도 있고 "더러워진 깃발"을 꽂는 방식을 택할 수도 있다. 무리하게 달리다 넘어진다면 어떻게 해야 하나? 어서 일어나 달려야 하나 그냥 맥없이 누워 있는 것이 나은가? 단순한 언어의 조합 속에 선명한 인상을 창출하는 능력이 돋보이는 시이다. 의미와 상관없이 살아 있는 돌올한 영상들도 인상 깊다. "나는 총알처럼 뜨거워졌다" "영화관의 어둠 속에서 남자애들과 입을 맞추고/단숨에 키가 커버린 것처럼" "달력처럼 큰 목소리" 같은 매력적인 구절들이 영상세대의 시인다운 새로운 감각을 내비친다.

이 근 화
1976년 서울 출생.
2004년 『현대문학』 등단.
시집 『칸트의 동물원』 『우리들의 진화』.

천문학자는 과거를 쇼핑한다

이 민 하

눈앞에 있는 별은 아주 오래전의 별이지요.
수년 전의 별부터 수만 년 전의 별들을 보고 있는 거라며
그는 걸음에 잠깐 쉼표를 찍고
나는 아아아 하품을 한다.

우리가 죽은 후에나 당도하는 별빛의 현재 따위는 산책로 옆으로
치우며
우린 나란히 꼬르륵거리며 걷고 있네.
한 번씩 부딪칠 때마다 이미
사라진 눈. 사라진 어둠.

골목 입구에 차린 구름약국의 아이들이 전신주에 걸터앉아 전화
선을 물어뜯기 시작하자
너무 멀리 떨어져 빛이 닿지 못하는 별처럼
아스라한 허기로 잠시 이사를 고민할 즈음

그가 문을 열었고, 난 벼룩시장을 접었다.
물컹물컹 천체망원경으로 짓무른 그의 눈알에 연고를 다 발랐을 때
그가 손짓한 지상으로의 저녁 초대.

어제 낯설게 소매를 스쳤던 마트에서
오늘은 함께 새로운 메뉴를 고른다.

다 안다는 듯 관심 없다는 듯 고향 대신
나의 취향을 당신이 물어보는 사이 나는 똑 딱 똑 딱

빛이 30만 킬로를 달리는 1초.
소리가 340미터를 달리는 1초.
그리고 기억이 수십 년을 달리는 1초만큼씩 멀어진다.

당신은 이미 사라진 빛 속에 남아
사라진 내 목소리를 듣고 있네.
사라진 이빨. 사라진 키스.
볕 좋은 치과에 모여 쌍둥이 뻐꾸기 새끼처럼 입을 벌리고

전속력으로 관측되기 위해
수명을 다해 부풀어오르다가 폭발한 초신성의 잔해들. 오천 광년
을 걸어 잠시 들른 이 별에서
끝없는 불꽃놀이로 꺼지지 못하는 사람들. 믿지 못하겠니, 우리는
잠들지 않는 냉동 수정란처럼 둥둥 탯줄을 끄는 해파리성운.

밤하늘에 목을 맨 모빌이 되어 수수만년
우리는 부치지 못할 편지를 쓰고
편지를 수거해 간 우편배달부는 버즈 두바이*에서 밤마다 참수당

하고

　진열대에는 저녁에 쓰일 햇반 같은 활자만 남아
　쇼핑할 수 없는 엄마가 하나둘 지나간다.
　나는 쇼핑카트에 잠들어 있네.

* 버즈 두바이 : 세계 최고의 인공구조물.

　연상들이 영상처럼 '점프컷'으로 진행되니 좀 어질어질합니다만 그게 이 시의 매력이죠. 시시콜콜 다 설명해주는 시는 지루하잖아요. 커플이 산책 중입니다. 남자는 아마도 천문학자일까요. 아주 먼 과거에서 달려온 별빛에 대해 말합니다. "눈앞에 있는 별은 아주 오래전의 별이지요." 그런데 두 사람은 배가 고프군요. 여기서 점프. 이제 커플은 방에 있습니다. 허기를 참을 수 없어 둘은 문득 일어섭니다. 여기서 또 점프. 이제 둘은 마트에서 먹을거리를 삽니다. 남자는 나에게 말을 거는데 나는 어쩐지 그에게서 빛 혹은 소리처럼 빨리 멀어지고 있다는 생각. "당신은 이미 사라진 빛 속에 남아/사라진 내 목소리를 듣고 있네."

　그렇습니다. 천문학자의 말이 맞다면, 내가 지금 보고 있는 것은 모두 과거의 것들이고, 뒤집어 말하면, 당신이 나를 볼 때 나는 이미 그 자리에 없는 것이군요. 그렇다면 우리는 서로가 서로에게 별("밤하늘에 목을 맨 모빌")입니다. 만나도 만난 적이 없는 셈. 이 깨달음은 존재론적 '허기'를 낳습니다. 그래서 이 커플들은 어쩐지 자꾸 배가 고픕니다. 유독 건축적 대칭구조에 집착하던 이 시인이 이번에는 한결 편안하게 써내려갔군요.

이 민 하
1967년 전주 출생.
2000년 『현대시』 등단.
시집 『환상수족』 『음악처럼 스캔들처럼』.

하늘에게

이 성 복

푸른 하늘이여, 철없을 때 내가 판 푸른 연못이여,
아직도 그때 물결은 흰 물거품을 일으키지만, 아직
철이 안 든 나는 검은 비닐봉지와 싸우는 반쯤 눈이
가린 삽살개 같구나 예전에 저 하늘을 이고 있던
바위들은 지극한 미륵불의 기다림에 분신 소신의
공양을 우습게 알았지만 지금은 쓰다 버린 몽당
빗자루만도 못하구나 예전 저 하늘에 똥을 누고
큰 바윗돌로 눌러놓았던 나도 부러진 이쑤시개만
못하구나 하지만 이대로 늙을 수는 없어 이럴 땐
길 가는 나무를 껴안든, 길 가는 길을 껴안든 고압의
송전탑처럼 발기해 천지의 미물을 감전시키고 싶지만
쪼그라진 귀두龜頭에 처바를 와셀린을 구할 수 없으니
아, 나는 또 길바닥에 쏟아진 어묵처럼 낙담하는구나
하지만 하늘이여, 아직 나는 네가 영 귀찮지는 않아
네 똥꼬 속에 머리 집어넣고 횟배 앓는 네 내장에
간지럼을 먹일 수도 있으니, 지금은 눈구멍 귓구멍
다 열어놓고 뜨거운 입김 불어넣어주길 기다리는
하늘이여, 철없을 때 내가 잘못 판 푸른 연못이여

해 설 이혜원

　어린 시절 하늘은 상상의 도화지이고 들판이었다. 시인에게 하늘은 파며 놀던 푸른 연못이었나 보다. 놀이터인 하늘을 잃고 더 이상 찾지 않을 때 우리는 어느새 어른이 되어 있다. 하늘 연못을 지키던 바위들도, 하늘에 똥 누고 바윗돌로 눌러놓았던 시인도 그때의 호기로움을 잃고 부러진 이쑤시개만도 못한 처지가 되어 있다. 하늘만큼 높았던 기세도 하늘과 통하던 고감도 감각도 사그라져 "길바닥에 쏟아진 어묵처럼 낙담"한다. 지금 시인에게 절실한 것은 "송전탑처럼 발기해 천지의 미물을 감전"시킬 만한 힘이다. 자꾸 낮아지고 퍼지는 몸과 달리 마음은 탱천하고 싶다. 그 마음을 실어 시인은 하늘에게 고백한다. "아직 나는 네가 영 귀찮지는 않아"라고. 하늘에게 간지럼을 먹이고 뜨거운 입김을 불어넣겠다고 하는 시인은 아직 충분히 젊다. '감전'은 모르겠지만 '감응'시킬 수 있는 힘을 지니고 있다.

이 성 복
1952년 경북 상주 출생.
1977년 『문학과지성』 등단.
시집 『뒹구는 돌은 언제 잠 깨는가』 『남해 금산』 『그 여름의 끝』 『호랑가시나무의 기억』 『아, 입이 없는 것들』 『달의 이마에는 물결무늬 자국』 등.

싸락눈 내리는 저녁

이 시 영

싸락눈 내리는 저녁, 길을 걷는데 누군가 뒤에서 부르는 것 같아 뒤돌아보니 부르는 사람은 없고 그때 막 그런 생각이 드는 것 있지. 누군가 내 생을 다 살아버렸다는 느낌! 그런데 그 누군가는 누구이며, 과연 나에게 생 같은 것이 있기는 있었을까? 잘 구르지 않는 수레에 시커먼 연탄 같은 것을 싣고 가파른 언덕길을 죽어라 밀고 왔다는 느낌뿐. 그런데 코밑에 연탄가루 잔뜩 묻은 그것을 생이라 부를 수 있을까?

싸락눈 그친 저녁, 길을 걷는데 누군가 뒤에서 부르는 것 같아 뒤돌아보니 아무도 없고 그때 막 그런 생각이 드는 것 있지. 누군가 내 생을 다 살고 간 것 같은 느낌! 그런데 그 누군가는 도대체 누구이며 과연 내가 이 생에 있기는 있었을까? 시간은 때로 뱀처럼 미끄럽게 손아귀를 빠져 달아났고 운명은 늘 제 얼굴을 가린 채 차갑게 나를 스치고 갔을 뿐 한 번도 제 모습을 똑바로 보여준 적이 없지. 그리고 갑자기 생각난 듯 이렇게 싸락눈 내리는, 그친 길 위에 문득 나를 멈춰 세워 날카로운 질문만 던질 뿐. 과연 내가 살기는 살았을까? 아니 생을 제대로 살고 있기는 있을까?

"누군가 내 생을 다 살아버렸다는 느낌!" 내 대신 "누군가 내 생을 다 살고 간 것 같은 느낌!"이라니, 오 이런. 이 스산한 느낌, 차갑고 이물스러운 느낌을 어찌해야 하나. "잘 구르지 않는 수레에 시커먼 연탄 같은 것을 싣고 가파른 언덕길을 죽어라 밀고 왔다는 느낌뿐"이라고, "코밑에 연탄가루 잔뜩 묻은 그것을 생이라 부를 수 있을까?" 하고 화자는 쓸쓸히 묻고 있는 것인데, 올해가 시인의 갑년임을 아는 나로서는 처연해짐을 피할 길 없다. 피할 수 없는 허방처럼 불시에 닥치는 물음들. "과연 나에게 생 같은 것이 있기는 있었을까?" 하는. 탄생, 사랑, 죽음 같은 근원적인 것들은 그렇게 문득 닥쳐오는 듯하다. 그리고 그 앞에서 우리는 속수무책.

아득하고 막막할 뿐 무어라 이를 말이 쉽지 않다. 싸락눈 내리는 저녁뿐이리오, 장맛비 퍼붓는 한밤에도 또한.

이 시 영
1949년 전남 구례 출생.
1969년 『중앙일보』 등단.
시집 『만월』 『무늬』 『사이』 『조용한 푸른 하늘』 『은빛 호각』 『바다 호수』 『아르갈의 향기』 『우리의 죽은 자들을 위해』 등.

사랑의 미안

이 영 광

울음은 어디에서 오는가, 불이 들어가서 태우는 몸
네 사랑이 너를 탈출하지 못하는 첨단의 눈시울이
돌연 젖는다, 나는 벽처럼 어두워져
아, 불은 저렇게 우는구나, 생각한다
사랑 앞에서 죄인을 면할 길이 있으랴만
얼굴을 감싸쥔 몸은 기실 순결하고 드높은 영혼의 성채
울어야 할 때 울고 타야 할 때 타는 떳떳한 파산
그 불 속으로 나는 걸어들어갈 수 없다
사랑이 아니므로, 나는 함께 벌 받을 자격이 없다
원인이기는 하되 해결을 모르는 불구로서
그 진흙 몸의 充血 껴안지 못했던 것
네 울음을 없었던 것으로 만들기 위해서라면 나는
소용돌이치는 불길에 몸 적실 의향이 있지만
그것은 모독이리라, 모독이 아니라 해도, 이 어지러움으론
그 무엇도 鎭火하지 못하리라, 그러므로 나는
사랑보다 더 깊고 무서운 짐승이 올라오기 전에
피신할 것이다 아니, 피신하지 않을 것이다 아니,
제자리에 가만히 멈춰 있을 것이다

네가 단풍처럼 기차에 실려 떠나는 동안 연착하듯
짧아진 가을이 올해는 조금 더디게 지나는 것일 뿐이리라
첫눈이 최선을 다해 당겨서 오는 강원도 하늘 아래
새로 난 빙판길을 골똘히 깡충거리며
점점 짙어가는 눈발 속에 불길은 서서히 냉장되는 것이리라
만병의 근원이고 만병의 약인 시간의 찬 손만이 오래
만져주고 갔음을 네가 기억해낼 때까지,
한 불구자를 시간 속에서 다 눌러 죽일 때까지
나는 한사코 선량해질 것이다
너는 한사코 평온해져야 한다

해설 이혜원

 이 시는 여느 사랑시와 구도가 다르다. 대개 실연한 자의 입장에서 쓰는 사랑시와 달리 이 시는 그것을 바라보는 자의 시선을 담고 있다. 실연失戀한 자는 "울어야 할 때 울고 타야 할 때 타는 떳떳한 파산"을 실연實演하고 있지만 그것을 바라보는 자는 "함께 벌 받을 자격이 없"어 망연자실茫然自失하다. 그래서 시의 제목이 '사랑의 미안'이다. 미안한 사랑이 지껄일 수 있는 말은 단지 "만병의 근원이고 만병의 약인 시간의 찬 손만이 오래/만져주고 갔음을 네가 기억해" 내길 바란다는 것, 시간이 사랑의 "한 불구자"인 자신을 "다 눌러 죽일 때까지" 부디 평온해지라는 것이다. 울먹이는 사랑 앞에서 시간에 대한 믿음만을 들먹이는 사랑은 미안未安하기 그지없다.

이 영 광
1967년 경북 의성 출생.
1998년 『문예중앙』 등단.
시집 『직선 위에서 떨다』 『그늘과 사귀다』.

퇴 촌*

이 윤 학

미래가 과거가 되는 곳이 있다지요.

먼 강가에 앉아 인디언 음악을 들었지요.
배 위로만 울림이 올라왔지요.
물풀의 띠가 강을 덮어갔지요.

이제는 내 말에 귀 기울일 수밖에……
이제는 내 말을 따라 움직일 수밖에……

날개 밑에
석양의 강물을 축이고
나머지 강물을 걷어차고
날아오르는 오리떼에게도

지난 일들 모두가
전생의 기억이 될 때가 있겠지요.

* 퇴촌: 경기도 광주시 퇴촌.

이 시는 처연하다. 누가 눈길 한 번만 던져도 탄식과 눈물이 넘쳐날 듯하다. 비애와 회한을 닮은, 일견 청승스러워 보이는 기운으로 이 시는 이루어져 있다. 구체적 전말의 제시 없이 띄엄띄엄 던지는 눌변의 행간에, 그러나 소월이래의 전통을 떠올리게 하는 방심放心의 마음 부림과 리듬이 있다.

이러한 서정적 기품은 삶과 세계를 대하는 수동성의 지극함으로부터 성립된다. 또한 이 시의 서느러운 리듬은, 퇴촌(물러날 退 마을 村)이란 지명과 강의 흘러감과 날아오르는 석양의 오리떼로 부드럽게 이어져 흘러, "이제는 내 말에 귀 기울일 수밖에……/이제는 내 말을 따라 움직일 수밖에……"에서 맺힌다. 한 가지, 나는 이 선량한 시인의 첫 연과 끝 연의 느슨함에 이의를 달고는 싶다.

이 윤 학

1965년 충남 홍성 출생.
1990년 『한국일보』 등단.
시집 『먼지의 집』 『붉은 열매를 가진 적이 있다』 『나를 위해 울어주는 버드나무』 『아픈 곳에 자꾸 손이 간다』 『꽃 막대기와 꽃뱀과 소녀와』 『그림자를 마신다』 『너는 어디에도 없고 언제나 있다』 등.

꽃씨로 찍는 쉼표

이 은 규

사막에 심겨진 꽃씨는
꽃씨 스스로 발아의 때를 정한다는데

그날의 꽃씨는
발자국으로 잠시 꽃잎처럼 돋아났다 사라졌다
모래가 되어 흩어지는 꽃이 있다니

먼 이야기
어느 왕에게 세 명의 아들이 있었지
왕은 아들들에게 꽃씨를 나눠주며
가장 잘 간직한 사람에게 왕위를 물려준다 했지
간직이라는 말에 방점을

첫째 아들은 바람 한줄기 없는 금고 속에 꼭꼭 넣어두었고

둘째 아들은 꽃씨를 팔아 더 귀한 꽃씨를 샀다

셋째 아들은 꽃씨에 오래 귀를 대고 있다 심고 가꿨다는 이야기

지금 꽃씨는 어디 있느냐는 물음에
저 허공 속에 있다고 답했다는 셋째 왕자
바람이 간직하고 있다는 말

꿈에 사막을 걷다
쉼표 모양으로 끝이 살짝 삐친 꽃씨를 심었다
여우비, 꽃씨가 잠시 부풀어올랐었나

꽃씨와 안녕한 긴 발자국이 돌아봤을 때
쉼표 찍힌 사막이 큰 종이처럼 보였다
완성되지 못한 문장 옆에 꽃씨를 심다 잠든 밤
꽃씨로 찍는 쉼표
나를 쫓아오다 다 져버린 발자국 꽃잎들

신형철

세 부분으로 나눠 읽는 게 좋겠다. 첫째 부분(1-2연)은 들은 이야기. 사막에 심겨진 꽃씨는 제 스스로 피어나 모래가 되어 흩어진다는 것. 둘째 부분(3-7연)은 옛날이야기. 왕이 세 아들에게 꽃씨를 잘 간직하라며 건네주었더니 셋째 아들은 그걸 심어 꽃 피게 하였고, 나중에 왕이 꽃씨의 행방을 묻자 "바람이 간직하고 있다"라고 멋지게 대답했다는 이야기. 이것은 어쩌면 이 시인이 지어낸 이야기인지도 모를 일. 셋째 부분(8-9연)은 꿈 이야기. 꿈속에서 사막에 쉼표 모양의 꽃씨를 심었다. 완성하지 못한 문장에다가 쉼표를 찍고 잠들었기 때문. 그러니까 글쓰기에 관한 꿈. 언젠가 그 꽃씨 발아해서 사막 같은 종이에 아름다운 문장이 꽃피기를. 느슨한 듯 이어져 있는 세 개의 이야기가 서로 편안하게 기대어 있다. 발상이 향기로운 시.

이 은 규
1978년 서울 출생.
2008년 『동아일보』 등단.

150

겨울에 대한 질문

이 장 욱

함부로
겨울이야 오겠어?
내가 당신을 함부로
겨울이라고 부를 수 없듯이
어느 날 당신이 눈으로 내리거나
얼음이 되거나
영영 소식이 끊긴다 해도

함부로
겨울이야 오겠어?
사육되는 개가 조금씩 주인을 길들이고
무수한 별들이 인간의 운명을 감상하고
가로등이 점점이 우리의 행로를 결정한다 해도

겨울에는 겨울만이 가득한가?
밤에는 가득한 밤이?
우리는 영영 글자를 모르는 개가 되는 거야
다른 계절에 속한 별이 되는 거야
어느 새벽의 지하도에서는 소리를 지르다가

당신은 지금 어디서
혼자 겨울인가?
허공을 향해 함부로
무서운 질문을 던지고
어느덧 눈으로 내리다가 문득
소식이 끊기고

　겨울은 시간인가 상태인가. 계절이 겨울이어도 마음은 봄일 수 있고, 계절
이 봄이어도 관계는 겨울일 수 있다. 그 낙차를 시적으로 도약시킨 사례. "함
부로/겨울이야 오겠어?"와 "당신은 지금 어디서/혼자 겨울인가?"라는 질문
사이로, 겨울이 오는 시간의 쓸쓸함과 겨울이 되어가는 관계의 안타까움이
밀려왔다 밀려간다. 그러나 저 질문들은 이렇게 뜻을 새기기 전에 이미 그 자
체로 매력적이다. 언어에는 '사운드'라는 층위가 있기 때문. 이장욱의 시에
는 언제나 이장욱의 사운드가 흐른다.

이 장 욱
1968년 서울 출생.
1994년 『현대문학』 등단.
시집 『내 잠 속의 모래산』 『정오의 희망곡』.

그믐으로 가는 검은 말

이 제 니

꿈을 꾸고 있었다
구두를 잃어버린 사람이 울고 있었다
북해의 지명을 수첩에 적어넣었다
일광의 끝을 따라 죽은 사람처럼 걸었다
어디로 가는지 알 수 없었다
그 밤 전무한 추락처럼 검은 새는 날아올랐다
언덕에 앉아 휘파람을 불고 있었다
휘파람을 불려고 애쓰는 사이
그 사이
흉터에 대한 기억이 떠올랐다
그것은 너의 손목에 그어진 열십자의 상처였다
한 번 울고 한 번 절할 때 너의 이마는 어두워졌다
쓸모없는 아름다움만이 우리를 구원할 것이다
꽃을 파는 중국인 자매를 보았다
모로코나 알제리 사람인지도 모르지
이미 죽은 사람들이라고 생각했다
당신에게 말할 수 없습니다
비밀을 지킬 수 있습니까
저는 그렇게 생각하지 않습니다

네가 누군가를 비난할 때 그것이 너 자신의 심장을 겨눌 때

거리의 싸구려 과육과 관용을 함부로 사들일 때

나는 그것이 네가 병드는 방식인 줄을 몰랐다

말수가 줄어들 듯이 너는 사라졌다

네가 사라지자 나도 사라졌다

작별인사를 하지 않는 것은 발설하지 않은 문장으로

너와 내가 오래오래 묶여 있기를 바라기 때문이다

잊혀진 줄도 모른 채로 잊혀지지 않기 위함이다

제 말을 끝까지 들어보세요

할 수 있는 것은 하겠습니다

창문을 좀 열어도 되겠습니까

문이 잠겨서 들어갈 수 없습니다

그 밤 우리는 둥글고 검은 것처럼 사라졌다

문장 사이의 간격이 느슨해지듯 우리는 사라졌다

누구도 우리의 얼굴을 기억하지 못했다

　꿈속에서 나는 걷는다. 걷다가 언덕에 앉아 휘파람을 불었다. 네 생각이 났다. 너의 손목에는 열십자의 상처가 있었지. 그 뒤로 너는 사라졌고, 네가 사라지면서 나도 사라졌다. 작별인사는 나누지 않았지. 헤어져도 오래 묶여 있고 싶었으니까. 자, 이런 얘기들이 흘러가는 와중에 복병처럼 튀어나오는 아름다운 문장들이 이 시의 포인트다. 이 모든 문장들은 사라짐을 향해 가는 말들, 그러니까 '그믐으로 가는 말들'이다. 사라짐에 대해 말하면서 제 스스로 사라지는, 그래서 내용도 사라짐이고 형식도 사라짐인, 그런 문장들을 본 적이 있으신가. 이 시는 그 어떤 것이 사라져갈 때의 아름다움을 아름답게 포착한다. 구상 같은 건 본래 하지 않는다는 듯, 꿈속처럼 자유분방하게 말들을 말馬처럼 몰고 가는, 뛰어난 재능.

이 제 니
1972년 부산 출생.
2008년 『경향신문』 등단.

1

이 준 규

문을 열었다 떨리는 문 나는 이동한다 여기에서 저기로 저기에서 여기로 물소리 들린다 너를 그리워하며 너를 미워하며 부드럽게 그리고 거칠게 안으로 안이 없는 안으로 그 속으로 언제나 진행하는 것만 남는가 너는 소파에 앉아 있다 아니 소파에 비스듬히 기대어 앉았다 비가 내린다 거짓말처럼 비가 내린다 방 안으로 역시 물은 흐른다 어둡다 희미한 불빛이 흐른다 공기는 맑지 않다 비행기 지나가는 소리가 들렸고 멀리 차들의 경적이 누군가를 부르는 애처로움을 가지고 들려온다 박새 한 마리 박새 두 마리 박새 세 마리가 이 나무에서 저 나무로 이동했다 예컨대 라일락에서 향나무로 측백나무에서 무자비하게 잘린 능수버들로 끈끈한 진액을 떨어뜨리는 가죽나무에서 하얗고 빨간 꽃이 피는 명자나무로 명자나무에서 모과나무로 은행나무에서 소나무로 소나무에서 버즘나무로 버즘나무에서 흰구름으로 흰 구름에서 누런 반달로 그렇게 저렇게 박새가 그 빠른 몸짓으로 위치를 바꾸는 동안 나는 비상층계참에서 담배를 한 대 피우며 비상층계가 무너지진 않을까 생각했다 노파 하나가 지나갔다 그는 어디로 사라진 것일까 그 새의 이름은 무엇이었나 비가 내리고 있었고 비스듬한 너는 흐린 눈빛으로 흐리지만 젖어 빛나는 눈빛으로 손짓했다 가라는 건지 다가오라는 건지 알 수 없는 애매한 손짓을 하며 다시 눈을 감았다 꿈에 꿈의 안에 그 속에서 너는 흐려지고 진해졌다 나는 배회하는 나일 뿐이지만 너를 스치는 비를 정지시킬 수 있었다 나는 그 비를 눈물이라고 칭하기로 했다 언덕을 오르며 언덕 옆으로 뚫린 창들을 바라보며 그 창들의 살림과 모래알 같은 단란을 엿보며 겨울이 올 것이다 그리고 봄이 올 것이다 바람이 불고 까치는 시끄러울 것이다라고 생각하지 않았다 너를 보면 너를 보았다는 것만 기억할 뿐 다른 건 없었다 더 이상 슬플 수는 없었고 덜 슬플 수도 없었으며 그저 쌀밥 같은 슬픔을 천천히 씹어 넘길 수 있을 뿐이었다 너의 조금 젖어 흔들리는 눈빛의 물기를 국물 한 모금이라고 생각하며 순가락을 들 것이다 문을 지나가며 순간 그런 것들을 보았다 나는 그 순간을 기록하지 못하고 가슴은 썩어간다 문을 열고 방으로 들어간다 나간다 나는 이동한다 여기에서 저기로 저기에서 여기로 그리고 안을 찾아서 그 속을

　제목이 없다고 해야 하겠지만 '문'이라고 해도 좋겠다. 전체가 한몸이라 구조가 없어 보이지만 사실은 있다. 문을 열고 안으로 들어가는 순간, '너'와 관련된 상념들이 밀려오면서 마음이 어딘가로 떠내려갔다가, 다시 문을 여는 그 순간으로 되돌아오는 구조. 그 상념의 끝에는 이런 문장이 있다. "너를 보면 너를 보았다는 것만 기억할 뿐 다른 건 없었다 더 이상 슬플 수는 없었고 덜 슬플 수도 없었으며 그저 쌀밥 같은 슬픔을 천천히 씹어 넘길 수 있을 뿐이었다." 나는 어딘가로 들어가려 한다. 안으로, 안의 안으로, 그 안의 안으로. 너를 만날 때 내가 그러했듯이. 그러나 어떤 문에도 나는 완전히 들어가지 못한다. 네 안에 들어갈 때 내가 그러하듯이.

　이 시인은 일단 진술하고, 그것을 다른 진술로 대체하면서, 원래의 진술을 거의 철회해버리기를 즐긴다. 이 과정을 반복하면서 어떤 판단 유보의 공간을 만들고, 그 공간 안에서, 언뜻 우유부단해 보이지만(진술을 철회하니까) 깊이 읽으면 여간 단호하지 않은(철회하지 않는 법이 없으니까) 문장들을 갖고 놀면서, 인위적·제도적이지 않은 종류의 '시적인 것'과 우발적·우연적으로 만나려고 한다. 이 작품은 그 시도를 지지하게 만든다.

이 준 규
1970년 수원 출생.
2000년 『문학과사회』 등단.
시집 『흑백』.

루미놀*

목련

꽃샘추위 무렵, 사립여자중고등학교 교정에서
흔들, 흔들, 흔들리는
단발머리 앳된 계집애들의 무수한 주먹

튀김만두

씹을수록 구미 당기는 소문
더러운 바람, 더러운 구름, 더러운 기름에 튀겨졌으나
판매율 단연 최고

번들번들

집게 모양을 한 엄지와 검지, 오물거리는 입술
사진관 사내의 눈알
딸랑, 문이 열린다 실내가 어두침침하다

꽃무늬벽지

촬영실 안쪽 새로 도배한 벽
탐문수사하던 형사들의 의심을 산 결정적 이유

증명사진
풀어헤쳐진 앞섶, 피로 물든 젖가슴
갈래머리 여고생이 사진관 바깥에서 인화될 때마다
대기가 뿌옇다

꽃샘추위
소도시 쓰레기더미에서 발견되었다는 알몸 변사체
매점으로 몰려가는 파랗게 언 종아리들
잽, 잽, 잽을 날리는 목련 봉오리

* 혈흔 감식에 쓰이는 물질.

시를 시가 되게 하는 여러 기교 중 하나는 감춤과 드러냄의 줄다리기입니다. 이 작업이 잘만 되면 시는 어떤 '사건'을 머금게 됩니다. 어떤 사건의 특정 국면들을 몽타주처럼 엮어놓은 시. 앳된 여학생들이 누군가에게 집단린치를 가하는 장면이 대뜸 제시됩니다(1연). 입에서 입으로 건너가는 "더러운" 소문이 이 린치와 관계가 있는 것 같습니다(2연). 사진관 사내가 뭔가 열쇠를 쥐고 있군요(3연). 형사들이 사진관을 수색하여 단서를 찾아냅니다(4연). 여고생 하나가 살해되었군요. 아마도 사진관 사내가?(5연) 여고생의 시체가 발견됩니다(6연). 이 각각의 연들은 사건의 진실을 암시하는 일종의 '혈흔'들입니다. 시의 제목이 루미놀인 것은 그래서이겠지요. 이 혈흔들을 조합하여 사건의 몸통을 재구성하는 것은 독자의 몫. 이 시는 은폐된 사건을 드러내고 있지만, 역설적이게도 이 시를 재미있게 만든 건 사건을 은폐하는 기술입니다.

이 진 희
1972년 제주 출생.
2006년 『문학수첩』 등단.

길

이 하 석

나무 사잇길이 밝게 부르는 것 같다
흐르는 마음이 닦아서 편편해지는 게 길의 힘이어서
산비탈도 길로 내려서면 나른해진다

길의 출발점이자 종착점인 집에서 나와
가출의 그림자가 길어지는 오후,
아무도 내다보지 않는 기척에도 귀 기울이며
사람들은 제 설레임들을 몰래 그 길에 내어 널어 말린다

사람들이 오간 기억으로 길은 굽이친다
아침에 길 쓸며 제 갈길 닦은 이는 제 길의 은짬에서 낮에 죽고
누가 그를 길 없는 비탈로 밀어올리는지 가파른 산길이 새로 생겨
난다
그 길은 추억들로 환해지다 닫히리라
바람도 한동안은 그 길로 해서 산자들의 마을길을 기웃거리리라
아침에 또 누가 그런 바람이 부산하게 다녀간 길을 쓴다

'길'에 관한 시는 무수히 많지만 다 저마다의 길을 보여주게 마련이다. 이하석의 길은 "흐르는 마음이 닦아서 편편해지는" 것이다. 시인의 길은 물처럼 높은 데서 낮은 데로 흐른다. 산비탈이 내려서 나른하게 늘어진 길처럼. 낮은 데로 흘러 펼쳐진 길은 어쩌지 못하고 유동하는 마음들을 쓸어 담는다. 마음에 발이 있다면 집에서 나와 한없이 긴 그림자를 끌며 돌아다닐 것이다. 길에는 사람들의 기억과 흔적이 넘쳐 흐른다. 제 길을 닦다 죽은 사람의 길은 추억으로 환해지다 닫힐 것이다. 길을 오가는 무수한 마음의 흔적을 좇는 시인의 눈길이 깊고 투명하기 그지없다.

이 하 석
1948년 경북 고령 출생.
1971년 『현대시학』 등단.
시집 『투명한 속』 『김씨의 옆얼굴』 『우리 낯선 사람들』 『측백나무 울타리』 『금요일엔 먼데를 본다』 『녹』 『것들』 등.

이름, 너라는 이름의

이 현 호

누가 너 따윌 사랑하겠는가. 두 번 죽어도 죽일 수 없는 너라는 이름.
오늘 밤도 차고, 무딘 바람은 전부 네 호주머니에 꼬리를 남긴다.
길 한복판에 우두커니 서서 궁리하는 세계는 네 입술로 가득하다.
조용히 너, 라고 발음해볼 때 진동하는 음원音源의 국경에서는
파란 목도리의 소년이 삐뚤빼뚤 글씨연습을 하고 있다, 빈 교실.
언젠가 만든 적 있는 나뭇잎 책갈피는 너와 선생들 사이에서
잎 꼬리를 올린다. 구만 구천 권의 경전經典을 넘겨온 작은 손바
닥. 그리고
　창밖, 검은 물 밑에서 한 소년이 홀로 구르는 시소의 높이는
　모든 존재의 극점이다. 네 이름은 폐타이어처럼 반쯤의 허리를 지
하에 두고.
　영원히 졸업을 앞둔 신神들은 모래밭에 모여 두꺼비집을 짓는다.
　두껍아, 두껍아, 둥글게 침묵하는 집. 새 집을 짓지 않는 두꺼비들
의 폐옥廢屋 .
　인두겁을 쓰고 결코 살아 있으려고 하지 마라. 네티, 네티*
　아무도 널 사랑하지 않는다. 누군가 해파리의 (물속에서만 투명
한) 낯빛으로
　눈雪을 뭉치듯 손을 꼭 잡으며 사랑해, 라고 말할 때
　오래도록 하나의 그림을 그려온 별들은 스스로 잊어가는 길.

오늘 밤도 차고, 한 난폭한 손길이 별들의 가계도家系圖를 찢길 바라는 시간.

가늘게 떠는 마천루의 유리창들이 교감하는 세계는 빈틈으로 그들먹하다.

네가 마지막 잉크로 꾹 너, 라고 적은 노트의 뒷면에서는

천 년 전 마야 소녀가 달력을 세고 있다. 검은 고양이를 무릎에 얹고.

벙어리장갑을 낀 아이가 무심한 발길로 툭툭 굴려온 행성들을

맞수가 떠난 바둑판을 오래 내려다보는 노인처럼, 태양은 쏘아본 것이다.

밤과 낮이 부딪치는 경계에서 바둑돌같이 단단해진 구름들,

꽁초를 버리듯 던져버린 이름들. 촛불의 정수리가 가늘게 신음한다. 후,

후, 또다시 왼발 다음에 오른발이 오는 슬픔. 끝내

뒷모습을 보이지 말 것. 너는 악수하는 법을 모른다, 손을 떠나서는.

여기저기 걸터앉는 지극히 사적私的인 그림자들의 야합.

너 따위를 누가 사랑하겠는가. 잊힌 책갈피처럼 한 페이지의 시간만을 표지標識하는

너라는 무게.

---

* neti, neti(아니다, 아니다) : "이것은 아니다, 이것은 아니다." 혹은 "이것도 아니다. 저것도 아니다."라는 뜻의 산스크리트어.

"누가 너 따월 사랑하겠는가"라는 강력한 부정에는 상처 받은 자의 처절한 원망이 스며 있다. 원망은 "죽어도 아니 눈물 흘리오리다" 전후로 유구한 사랑의 정서이다. 실연의 충격으로부터 자신을 보호하기 위해서는 상대방의 의미를 축소하거나 자신의 강인함을 과장하는 방어기제를 작동해야만 하는 것이다. 잘 쓴 사랑시들은 이런 호언장담이 감추고 있는 상처의 실상을 절묘하게 풀어놓는다. 상처를 부정하려는 안간힘과 감출 수 없는 상처 사이에서 역설이 발생하는 것은 자연스러운 일이다. "누가 너 따월 사랑하겠는가"와 "두 번 죽어도 죽일 수 없는 너라는 이름"이 짝을 이루는 것처럼. '너'에 대한 원망과 추억은 똑같은 두께로 자리 잡는다. 아름다운 사랑시를 직조하는 것은 평범한 현상을 비범하게 채색하는 언어들, 더불어 '너'라는 이름이 그러하듯이 누구에게나 가능하면서 '나'에게는 각별한 그 이름, 그 무게의 정체를 한 겹 한 겹 들어올리는 정성이다.

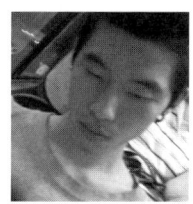

이 현 호
1983년 충남 연기 출생.
2007년 『현대시』 등단.

가슴을 바꾸다

임 현 정

한복 저고리를 늘리러 간 길
젖이 불어서 안 잠긴다는 말에
점원이 웃는다.

요즘 사람들 젖이란 말 안 써요.

뽀얀 젖비린내를 빠는
아기의 조그만 입술과
한 세상이 잠든
고요한 한낮과
아랫목 같은 더운 포옹이
그 말랑말랑한 말 속에 담겨 있는데

촌스럽다며
줄자로 재어준 가슴이라는 말
브래지어 안에 꽁꽁 숨은 그 말
한바탕 빨리고 나서 쭉 쭈그러진 젖통을
주워 담은 적이 없는 그 말

그 말로 바꿔달란다.

저고리를 늘리러 갔다
젖 대신 가슴으로 바꿔 달다.

눈을 감고 '젖'이란 말을 가만히 발음하며 맛볼 일이다. 시인은 말한다. "뽀얀 젖비린내를 빠는/아기의 조그만 입술과/한 세상이 잠든/고요한 한낮과/아랫목 같은 더운 포옹이/그 말랑말랑한 말 속에 담겨 있"다고. '요즘 사람들'이 대용하는 '가슴'이란 말은 "브래지어 안에 꽁꽁 숨은" 말이며 "한바탕 빨리고 나서 쭉 쭈그러진 젖통을/주워 담은 적이" 한 번도 없는 말이라고 한다.

그렇게 되었구나. 공식 공간에서 '젖'이란 말이 퇴출되었구나. 이 오랜 전통의 말이 이제 민망하고, 상스럽고, 교양 없고, 외설스러운 것이 되었구나.

서구적 질감과 세련이 근대화의 미적 척도로 관철되면서 밀려난 고유어가 '젖'뿐만이 아닐 것이다. 이 시의 소박함에 다소의 아쉬움을 갖지만, 그렇다고 당장 우리말 운동에 나서야 한다는 것도 아니지만, 이 씁쓸한 지점에 누군가 마음을 대고 세심하게 잊지 않고 있어주는 일, 그것이 귀하지 않겠는가.

임 현 정
1977년 서울 출생.
2001년 『현대시』 등단.

해변 없는 바다*

장 무 령

나는 해변 없는 바다에 간다
한 친구는 반 토막 난 주식을 짊어지고
주식차트 음봉과 양봉 사이
마지막 베이스캠프를 치고 있는 중이고
―그는 또 이혼할 것이다
과체중이었던 한 친구는 회사를 그만두고 시작한 사업이
체중을 한 달에 십 킬로그램씩 빠지게 하더니
급기야 의사가 선고한 대로 체중 영점을 향해
빠른 속도로 소실 중이고
―'살 한번 제대로 빼네.'라는 엷은 미소의 무게마저 그의 입에
서 내려왔다
토목공사 현장에서 사망한 인부의 장례식장에
회사를 대표해 문상 갔던 친구는
유가족들에게 둘러싸여 주검 옆에서
꼼짝 못하는 중이고
―돌 지난 딸과 전화 도중 들린 누군가의 개새꺄 소릴 참지 못했다
그런 시간
할 일 없는 나는 빌 비올라의 해변 없는 바다에 간다
한여름 오후 세 시 냉방 잘 되는 전철을 타고

잠시 잠깐 정신을 빼서 차창에 툭툭 부딪히거나
옆자리 중년 부인 어깨에 슬쩍 올려놓으며
빌 비올라가 누구인지도 모르면서
해변 없는 바다가 어디인지도 모르면서
세상 영점을 향해 달려가는 시간
유가족들의 분노를 포승줄로 묶고 있는 시간
위자료라도 챙겨줘야 하는 시간
미술잡지 기자인 후배가 보낸 문자 한 줄의 끈을 잡고
혹시라도 해변 없는 바다에 꼭 있을 것 같아
정신을 놓았다 잡았다 버둥대며 나는 간다

* 미국 작가인 빌 비올라Bill Viola의 영상설치작품. 공식적인 설명에 따르면 인간의 생성과 소멸의 순환과정을 표현하고 있다고 한다.

　나의 친구 셋은 우리 시대 중산층 가장들의 불운을 서글프게 대표하느라 여기 있는 것이다. 친구들의 사연을 보고하면서 줄(―) 치고 덧댄 문장들이 이 시에 부여하고 있는 탄력을 눈여겨볼 일이다. 서너 줄의 직접적인 설명을 대체하는 한 줄의 간접적인 환기. 모름지기 정서란 드러내면서 호소하는 것이 아니라 감추면서 환기하는 것. 평범한 수필 투 서정시가 될 수도 있었을 텐데, 저 문장들에서 호소력이 커졌다. 시인과 마찬가지로 독자 역시 빌 비올라가 누군지 모르지만, 이 정도 되면, 몰라도 아는 것이나 마찬가지.

장 무 령
1968년 충남 홍성 출생.
1999년 『작가세계』 등단.
시집 『선사시대 앞에서 그녀를 기다리다』.

사랑은 코카인보다
—DJ Ultra의 리믹스:김소월 「여자의 냄새」+The Czar 「Drug」

장 석 원

나는 접붙이기에 성공했다
나와 당신은 드디어 들러붙었다 흘레붙었다
잡종의 시대는 아름답고 혼혈 미인은 유혹적이다

나는 껴안았어요 우리는 사랑을 나누지요 우리는 용해될 거예요
혼합될 거예요 포화용액이 되면 아무도 우리의 사랑을 방해할 수 없
어요 사랑이 우리를 증발시키는 순간도 오겠지요 어우러져 비끼는
살의 아우성 속에서
　사랑하는 당신이라는 말만, 형체도 없이 당신의 몸이 사라지고,
바람의 입술 사이를 오가겠지요 내 욕망에 당신이 몸을 던진다면 생
고기의 바다의 냄새 가득한 늦은 봄 하늘 밑에서 아기를 다루듯이
나는 당신에게 사랑을 줄 거예요
　당신의 쾌락은 내가 만들어요 손과 혀에 당신이 붙어 있어요 내게
모든 것을 허락한 비무장의 당신 그것이 사랑이겠어요 내가 없다면
당신의 사랑도 없어요 당신이 사라진다면 보드라운 그리운 어떤 목
숨은, 내 짧은 쾌락은 끝나겠지요

냄새 많은 그 몸이 좋습니다
사랑하는 혼혈 미인과 나는

174

비린내 번지는 뱃전에서 합체했어요
바다는 고요하고, 지켜보는 갈매기는 흥분하고
나는 통증도 없고 당신은 눈물도 모르고

도살장에 끌려간다 해도 사랑을 나눌 수 있다면
좋아요 사랑이 코카인보다 좋아요
당신의 사랑의 냄새는 위험하지 않아요

　도입부 3행은 접붙이기, 들러붙기, 흘레붙이기, 잡종, 혼혈 등의 단어를 동원해 이 시의 소재인 사랑이 본래 이런 것이라고, 이 시의 방법론인 리믹스가 또한 이런 것이라고 미리 밝힌다. 그러니까 "혼혈 미인"과의 사랑을 노래하는 이 시는 그 자신이 "혼혈 미인"인 셈. 동원된 리믹싱의 재료는 김소월의 시집 『진달래꽃』 초간본 70쪽에 수록되어 있는 「여자의 냄새」와 해체한 록밴드 차르의 히트곡 「drug」. "어우러져 비끼는 살의 아우성" 같은 구절은 김소월에게서, "사랑이 코카인보다 좋아요" 같은 구절은 차르에게서 나왔다.

　싫지 않은 끈적끈적함, 느끼하지 않은 칭얼댐이 이 시의 매력. 질문 두 가지! "생고기의 바다의 냄새 가득한 늦은 봄 하늘 밑에서 아기를 다루듯이"라는 비유는 물론 멋지긴 한데, "생고기의 바다의 냄새"란 무엇일까? 둘째, "내게 모든 것을 허락한 비무장의 당신 그것이 사랑이겠어요"는 의문문인가, 평서문인가? 후자에 대해서만 답하면, 나는 평서문으로 읽었고 그래서 이 구절이 매력적이라고 생각했다.

장 석 원
1969년 충북 청주 출생.
2002년 『대한매일』 등단.
시집 『아나키스트』 『태양의 연대기』.

밤 포구의 사랑노래

정 윤 천

저런 은밀한 수런거림들은 또 뭐야
웬일이야

줄줄이 사탕같이 뭍 쪽으로만 턱을 고이고 (배들은)
한결같이 시침 떼는 표정들 웬일이야

통통거리다 온 궁뎅이들 한결같이 바다 쪽에 두르고
후향위로 웬일이야

주책도 없어
웬일이야

그래도 이녘들의 양물 두덩께를 간지르며 오는지, 지지리도
헤살거리는 욜랑거리는

어디선가 저도 실컷 놀다가 뒹굴다가 오는
저녁 바다 몇 년女.

　밤 포구의 배들은 나란히 묶인 채 물결에 일렁거린다. 가지런히 앉아 흔들
흔들하는 배들을 보며 시인은, 싱숭생숭한 마음으로 수런거리는 여자들의 모
습을 연상한다. 이렇게 촉발된 상상은 줄곧 관능적인 방향으로 흐른다. 반짝
이는 야경 속에서 출항의 짐을 벗고 한가로이 흔들거리는 배들은 "뭍 쪽으
로만 턱을 고이고 (배들은)/한결같이 시침 떼는 표정들"로 앉아 있는 여자
들 같기도 하다. 뱃전으로 부딪쳐 오는 물결의 관능성이 보태져 밤 포구는
온통 들뜬 사랑노래로 가득하다. 이렇게 해서 노동가로서의 뱃노래가 아닌
사랑가로서의 뱃노래를 만나게 된다. 포구의 정서처럼 진솔하고 강렬한 사
랑노래이다.

정 윤 천
1960년 전남 화순 출생.
1991년 『실천문학』 등단.
시집 『생각만 들어도 따숩던 마을의 이름』 『흰 길이 떠올랐다』 『탱
자꽃에 비기어 대답하리』 『구석』 등.

그렇지만 우리는 언젠가 모두 천사였을 거야

정 한 아

우리는 때로 사람이 아냐
시각을 모르고 위도와 경도를 모르고
입을 맞추고 눈꺼풀을 핥고 우주선처럼 도킹하고 어깨를 깨물고
피를 흘리고 그 피를 얼굴에 바르고 입에서 모래와 독충을 쏟고
서로의 심장을 꺼내어
소매 끝에 대롱대롱 달고

이전의 것은 전혀 사랑이 아냐
아니, 모든 사랑은 언제나 처음
하루와 천 년을 헷갈리며 천국과 지옥 사이 달랑달랑 매달린
재투성이 심장은 여러 번 굴렀지

우리 심장은 생명나무와 잡종 교배한 슈퍼 선악과
질문의 수액은 여지없이 떨어져 자꾸만 바닥을 녹여 가령,
우리는 몇 시입니까?
우리는 어디입니까?
우리는 부끄럽습니까?

외로워 죽거나 지겨워 죽거나

지금 에덴에는 뱀과 하느님뿐
그 외 나머지인 우리는

입을 맞추고 눈꺼풀을 핥고 우주선처럼 도킹하고 어깨를 깨물고
피를 흘리고 그 피를 얼굴에 바르고 입에서 모래와 독충을 쏟고
서로의 심장을 꺼내어
소매 끝에 대롱대롱 달고

재투성이 심장으로 탁구라도 치면서 위대한 죄나 지을 수밖에
뱀마저 자기도 모르게 하느님과 연애한다는데

　시인은 지금 사람과 사랑에 화가 나 있는 것일까. 심장을 꺼내 소매 끝에 매달기까지 했으니 이게 사람이 할 짓이냐는 것. 그리고 하루 만에 끝날지 천 년씩이나 갈지 구별도 못하면서 천국과 지옥 사이를 오가며 심장을 굴려댔으니 이게 사랑이기는 하냐는 것. 이게 다 우리의 심장이 "슈퍼 선악과"라서, 그 심장이 끊임없이 질문을 줄줄 흘려대서 벌어진 일이겠지. 그러면 어찌해야 하나. "외로워 죽거나 지겨워 죽거나." 안 하면 외롭고 하면 지겨운 이 사랑을 어쩔 것인가. 시인의 대답은 마지막 두 행에 있다. "위대한 죄"를 계속 지어야지 어쩌겠느냐는 것. 정말? 이건 체념인가 낙관인가. 그게 궁금하면 다시 제목으로. "그렇지만 우리는 언젠가 모두 천사였을 거야." 아마도 이 제목은 이 시 전체에 붙이는 덕담인가 보다. 성서의 모티프들을 탈권위적으로 전용한 발랄한 사례. 진은영의 시 「견습생 마법사」(『일곱 개의 단어로 만든 사전』)도 생각나게 한다.

정 한 아
1975년 울산 출생.
2006년 『현대시』 등단.

보석의 꿈 1

정 현 종

1

보석의 전시회에 갔지.
어두운 방들
진열장 속
집중 조사照射 아래
보석 장신구
보석 휴대품들이 놓여 있었어.
다이아몬드, 사파이어, 루비, 진주, 에메랄드,
오닉스, 오팔, 문스톤, 가넷, 토파즈,
금, 은, 백금, 수정, 칠보, 라피스라줄리……
원석이었다면
어두운 방들은 더욱
땅속이었겠지.
나는 토행손土行孫*처럼
보석들이 반짝반짝
또 다른 하늘을 만들어놓고 있는
땅속을 걸어다녔겠지.
하여간 나는 빛이 열어놓고 색이

장엄한 무한 속을
헤매었지, 겨우 숨을 쉬며.

2

내 숨결이 거칠어지기도 했어.
그 장신구들로 치장했을 여자들의
유령 때문에,
그 가슴과 팔과 목과 허리의
살결 때문에,
어두운 방에 가득한
오, 그림자의 향기 때문에,
불쑥 나타나
속삭이며
터질 듯이 어둠을 부풀리는
그림자—
그 부재不在의 더없는 강력함 때문에.

3

전시관을 나왔을 때
기적이 일어났어—

모든 게 보석으로 보였어!
마시고 버린 깡통
플라스틱병, 종이컵……
나는 놀랐고
미소가 지나가는 듯하였는데—
눈동자가 보석으로 바뀐 것이었어!

*토행손 : 중국의 신마소설 『봉신연의封神演義』에 나온다는 호걸로서, 토둔土遁이 하는 신기神技를 갖고 있어 땅속에서 아주 빠른 속도로 잠행할 수 있다.

　이 시인의 첫 시집 제목이 『사물의 꿈』(1972)이었다. 37년이 지난 지금 다시 '보석의 꿈' 연작이 시작되었고 여기에 골라놓은 그 첫 번째 시가 훌륭하다.

　세 마디로 돼 있다. 첫째 마디. 보석 전시회에서 보석 장신구들을 보다가 원석들을 떠올리고 그것들이 묻혀 있었을 땅속 공간을 상상한다. 캄캄한 어둠 속에서 원석이 반짝이는 그 세상은 실로 장엄하겠다. "색이/장엄한 무한 속을/헤매었지, 겨우 숨을 쉬며." 시인의 몽상이 먼저 다녀왔기 때문에 우리가 그곳을 상상할 수 있게 되었다. 둘째 마디에서 시인은 저 과거의 보석으로 치장했을 여인들을 생각하고 "그 부재不在의 더없는 강력함"을 느낀다. 셋째 마디에서 전시관 밖으로 나온 시인에게 이제 "기적"이 일어난다. 모든 게 보석으로 보이는 기적, 눈동자가 보석으로 바뀌는 기적!

　최근 이 시인의 시에서 빈발하는 감탄문과 느낌표들은 저 혼자 앞서갈 때가 많아 더러 난감했는데, 이 시의 감탄은 그 타이밍과 보폭이 적절해 보인다. "꿈"(몽상, 상상력)이 "기적"일 수 있음을 한국시가 납득하게 되기까지 이 시인의 40년이 절대적이었음을 우리는 안다.

정 현 종
1939년 서울 출생.
1965년 『현대문학』 등단.
시집 『사물의 꿈』 『세상의 나무들』 『갈증이며 샘물인』 『견딜 수 없네』 『사랑할 시간이 많지 않다』 『광휘의 속삭임』 등.

저수지

조 동 범

여자가 떠오른 것은 저물녘의 마지막 순간이었다.

여자가 떠오른 순간 파문이 일었고, 파문을 따라 해넘이의 붉은 빛이 넘실댔다.

여자가 떠오른 것은 바람이 잔잔해진 적막 속에서였다. 다시 바람이 불었고, 바람을 따라 산 그림자가 서늘하게 내려앉았다.

여자의 등은 단호하게 하늘을 향하고 있다.

등을 돌린 채, 저수지의 바닥을 바라보고 있다. 바닥의, 깊은 어둠을 굽어보고 있다. 어둠을 훑는 여자의 시선을 따라

저물녘의 마지막 순간이 사라진다.

여자는 무엇을 놓고 왔는지, 하염없이

저수지의 바닥을 바라보고 있다. 마지막까지 바라보아야 할 것이 있던 것인지, 여자의 시선은

처연히 어둠을 헤집고 있다. 창백한 어둠 속에 시선을 풀어 눈물을 뚝뚝, 흘리고 있다.

쏟아지는 눈물을 닦지도 못하고,

여자의 양팔은 저수지의 바닥을 향해 있다. 무엇을 잡으려 했는지, 무엇을 건지려 했는지.

뻗은 손의 끝은 힘없이 굽어 있고 수초처럼,

여자의 팔이 느리게 흔들렸다.

여자의 신발이 발견되었다고도 하고, 여자의 목걸이가 발견되었다고도 했다. 저수지를 향하던 여자의 발자국을 따라 풀이 눕기도 하고 그녀의 구두가 남긴 무늬를 따라 숲의 어둠이 들어섰다고도 했다. 저물녘의 마지막 순간과 해넘이의 산 그림자가 사라지는, 계절이었다.

아직, 눈을 감지 못한 것인지, 지금도 여자는

조동범의 시에서는 추리소설 같은 느낌이 난다. 범상치 않은 사건의 흔적이 치밀하게 묘사된다. 이 시의 '저수지' 역시 한 여인의 주검이 자리한 사건의 현장이다. 냉철하게 묘사되는 현장검증 같은 진술에는 긴장감이 넘친다. 감정이 섞이지 않은 냉담한 어조가 오히려 묘한 비장미를 일으킨다. "여자가 떠오른 것은 저물녘의 마지막 순간이었다."에서 진술되는 시간은 삶과 죽음의 경계를 상징적으로 내포한다. "저물녘의 마지막 순간과 해넘이의 산 그림자가 사라지는" 순간 그녀의 생도 마감되었던 것이다. "여자의 등은 단호하게 하늘을 향하고 있다."는 진술은 그녀의 삶을 암시한다. 하늘을 등진 채 저수지의 바닥에 고정된 시선으로 그녀가 향한 것은 무엇이었나 처연한 눈길로 어둠을 헤집으며 쏟아지는 눈물을 닦지도 못하고 수초처럼 흔들리는 팔로 힘겹게 붙잡으려 했던 것은 과연 무엇이었나? 그녀가 보여주는 죽음의 형상은 욕망의 심연을 향해 몸부림치며 다가가는 현대적 삶의 음화이다.

조 동 범
1970년 경기 안양 출생.
2002년 『문학동네』 등단.
시집 『심야 배스킨라빈스 살인사건』.

천 문天文

하늘의 문자에서는 분무 살충제를 뒤집어쓴 벌레처럼 소름 끼칠 정도로 아름다운 소리가 들려왔다.

고전주의자로서의 나는 별의 운동을 스스로 지켜볼 수 있기 때문에 별과 나 사이가 투명하지 않다고 여긴다.

전달에 대한 의문은 거기서부터 시작해서

성난 가족의 얼굴을 보는 것만으로도 분노에서는 평화로운 멜로디가 떠올랐다.

달 앞의 우리는 외양간 같은 영혼을 숨기기 위해 작은 판板이 되어 있었다.

내가 너를 갚아줄 것이다.

물 밖에서 자기의 이해되지 않는 몸을 바라보았던 흔적이 밤에겐 적혀 있다.

내가 너에게 겨를 묻혀줄 것이다.

묵매墨梅를 치던 사람,의 별자리

모음이 올 자리,의 별자리

서로 헤어지지 않도록 별들은 내게 악취를 모아주었지.

내가 만약 해바라기라면 내 얼굴을 조각조각 나눠 들고 가을의 아이들은 나를 떠난다.

그럼 나는 텅 빈 구멍마다 삶은 빨래를 집어넣고

고장 난 얼굴이 되어 아이들의 칭찬을 받을 것이다.

고대古代 이야기가 입방체에 관한 이야기의 용사用事인 것처럼

그가 내게 개구리들을 보내셨다.

밤마다 물가에선 따라 부르기 비좁은 애곡哀哭이 들끓고

나의 막대가 나에게 주는 고마운 자해 때문에

이불 밑이 부끄러운 줄도 지켜지는 줄도 몰랐다.

웅덩이와 달라붙은 남자여, 나는 소년의 이름을 그렇게 불렀다.

이별은 보통의 추위처럼 격벽 밖에서 쓸쓸한 것들과 달라붙고 있었다. 깊은 잠을 상속 받은 사람은 (자동)떨어지다, (타동)떨어지다,

이등변二等邊에서 얼마만큼 탈락의 넓이를 가질 수 있을 것인가.

나는 붙이면 없어지는 그런 표현이 된다.

가장 밑에 고인 바람을 움직이기 때문에 나는

머나먼 인간을 별의 이행시대라고 부를 수 있다.

계系는 방점에서 결점으로 이행한다.

나는 소맥을 한 줌 쥐고 '그리하여, 만일' 이라는 우주 한가운데 떠 있었다.

이 시인의 많은 시가 그렇듯 이 시 역시 유소년기의 체험들을 그 배경에 거느리고 있지만 그것은 대개 이미지의 재료 혹은 무대일 뿐이어서, 시가 잇달아 씌어져도 반복되면서 명료해지는 것은 거의 없다. 그는 늘 처음부터 다시 시작하고, 그 시작은 그것으로 늘 끝이다. 각 연이 어떻게 이미지를 산출해냈는지를 이렇게 이해해보면 어떨지. 1연은 유년기의 불행("성난 가족")을 하늘을 올려다보면서 느끼게 되는 자연의 보편성(그야말로 "고전주의자"가 좋아하는)에 의지해 위로받은 체험에서 나왔다. 2연은 사춘기의 화두 중 하나인 영혼("외양간 같은 영혼")과 육체("이해되지 않는 몸")의 문제를, 3연은 '부'("묵매를 치던 사람")와 '모'("모음")의 구도를 희미하게 노래한다. 가장 성공적이라 할 만한 4연은 친구들과의 쓸쓸했던 삽화에 기초해 있고, 5연은 역시 사춘기의 화두라 할 만한, 세상의 비밀과 나의 비밀이 대치하는 상황, 즉 "물가"(세상)와 "이불 밑"(나)의 구도에 기초해 있다. 6연은 나를 둘러싸고 있는 이런 모종의 대립구도("이등변二等邊")에서 벗어나고 싶은 열망("탈락의 넓이")을 표현했고, 7연은 가족과 역사의 계보 안에서 나는 무엇이고 어디로 가는가라는 질문을 던진다. 끝부분에서 나는 "'그리하여, 만일'이라는 우주"에 떠 있는데, 저 "만일"이라는 말 안에는 기대와 우려가 동시에 담겨 있으니, 이는 예언과 신탁에 대한 갈망을 암시하는 1연의 "하늘의 문자"를 환기하면서 다시 시의 처음으로 돌아간다. 이렇게 이 시는 모호하면서 아름답고 소심하면서 장엄하다. 최근 들어 점점 경經의 언어를 닮아가고 있는 이 시인의 문장들이 해낸 일이다.

조 연 호
1969년 충남 천안 출생.
1994년 『한국일보』 등단.
시집 『죽음에 이르는 계절』 『저녁의 기원』 등.

토이 크레인

사내는 소주의 목뼈를 움켜쥐고 있었다
거스름돈으로 받은 동전 몇 닢을
얼어터진 손바닥 위에 펼쳐보았다
녹슨 입술을 굳게 다문 구멍가게 앞에서
눈부시게 빛나는 앉은뱅이 크레인 앞에서
사내는 마른 입술에 침을 발랐다
눈꺼풀 없는 인형들이 크레인의 뱃속에서
불면의 눈알들을 치뜨고 있었다
있어도 그만 없어도 그만일 거스름의 날들
사내는 단 한 번도 등 푸른 지폐였던 시절이
없었다 동전 속에 입김을 불어넣고
크레인의 몸속으로 몸소 들어가는 사내
허공을 향해 허깨비를 잡으려 손을 허우적거렸다
손가락 사이를 빠져나간 것이
어디 쓸모없는 것들뿐이었겠는가
사내는 크레인 몸속으로 들어가
푹신한 인형들 속에서 잠이 들었다
크레인의 엉덩이가 축축하게 젖어갔다
목뼈가 부러진 소주 한 병이

192

조용히 맑은 피를 흘리고 있었다.

"소주의 목뼈를 움켜쥐고" "거스름돈으로 받은 동전 몇 닢을/얼어터진 손 바닥"에 들고 한 사내가 구멍가게 앞 토이 크레인 앞에 서 있다. 빈곤이랄지 절망이랄지 하는 말들조차 숨 쉴 만한 자들의 그럴듯한 호사 취미에 불과하리라. 몸과 마음을 붙일 그 무엇도 모두 무너졌으리라. 집착할 그 무엇도, 집착할 힘도 다 놓쳤으리라. "있어도 그만 없어도 그만일 거스름의 날들"이었다고, 또는 "단 한 번도 등 푸른 지폐였던 시절이/없었다"고 사내의 생은 요약된다. 마침내 소주병을 엎지른 채 토이 크레인 곁에 잠든 이 사내에게 대체 생은 무엇이겠는가. 그를 '시 쓴다'는 것은 우리에게 대체 어떤 일이겠는가, 어떤 경로로 가능하겠는가. 어려운 공안公案.

조영석의 시편들은 어둡다. 희망의 기척은 어디에도 보이지 않는다. 세상이 그만큼 우울하게 돌아가고 있기 때문이리라. 아니면 시인의 비관이 그만큼 깊은 것인지도. 비참에 대한 시인의 탐사는 건조하게, 그리고 집요하게 계속된다. 그의 시들은 역설적으로 그 건조함과 집요함으로 해서 미덥다.

조 영 석
1976년 서울 출생.
2004년 『문학동네』 등단.
시집 『선명한 유령』.

삽자루

조 정 권

이마 주름이 발등으로까지 내려와 같이 늙어버린 맨발.

언 강에 수감된 교각의 흰 등허리.

밟히고 밟혀 화강암처럼 굳어진 손등.

실명한 한쪽 눈.

바짝 옴츠린 채 한기 속에 갇힌 허연 빙폭의 잔등.

논에 시멘트를 부어놓고 쇠못을 심으며

속에서 매일 치솟아오르는 불길로 스스로를 폭행해버린 한 생의 화염.

평생 돌밭을 갈고서도 거친 숨소리 한 번 내지 않고

땅에 꽂혀 있는 부삽.

서 있는 삽자루가 목불상으로 보인다.

굽이굽이 파도치는 사막의 모래물결주름을

삽날에서 구릉처럼 일으키다가

손잡이쯤에 와서 스스로 박살내버린 마음. 오, 저 마음을 움켜쥔 빈주먹이여.

　이 시인 특유의 정신주의는 언제나 극한의 삼엄과 비장을 지향한다. 그것
은 어설픈 인간적 감상과 장식적 감정들을 떨친 자리에서 가능한 것.

　이 시에서 시인은 깊이 숨을 모아, 오래 견뎌 마침내 아름다운 정신의 반열
에 오른 이름들을 하나씩 호명한다. 늙어버린 맨발과 흰 등허리와 굳어진 손
등과 실명한 한쪽 눈과 빙폭의 잔등, 기타. 이 이름들은 하나하나가 독자적이
어도 좋을 것이면서, 또한 평생을 논밭에서 보낸 늙은 농부의 분신(또는 소신
공양)과 꽂혀 남은 삽자루의 비유로 읽혀도 무방할 듯하다.

　그와 더불어 이 시의 매력은 "치솟아오르는 불길로 스스로를 폭행해버린
한 생의 화염" 같은 이미지, "스스로 박살내버린 마음" 등에서 느껴지는 강렬
한 자해와 내파內破의 몸짓 쪽에 있다. 이쪽으로 시인이 어떤 길을 열어 세울
지, 독자들은 귀를 세우고 기다릴 것 같다.

조 정 권
1949년 서울 출생.
1970년 『현대시학』 등단.
시집 『허심송』 『산정묘지』 『신성한 숲』 『떠도는 몸들』 등.

오필리아

진 은 영

모든 사랑은 익사의 기억을 가지고 있다
흰 종이배처럼
붉은 물 위를 흘러가며
나는 그것을 배웠다

해변으로 떠내려간 심장들이
뜨거운 모래 위에 부드러운 점자로 솟아난다
어느 눈먼 자의 젖은 손가락을 위해

텅 빈 강바닥을 서성이던 사람들이
내게로 와서 먹을 것을 사 간다
유리와 밀을 절반씩 빻아 만든 빵

해설 이혜원

오필리아, 실연의 대명사! 그녀의 육성을 빌어 시인은 말한다. "모든 사랑은 익사의 기억을 가지고 있다"고. "흰 종이배"처럼 연약한 그녀의 넋은 실연의 "붉은 물"에 젖는다. 실연의 기억을 안고 해변까지 흘러간 심장들이 뜨거운 모래 위에 점자로 솟아난다. 어느 눈먼 자들은 점자를 더듬으며 실연의 상처를 확인할 것이다. 사랑에 실패한 자들은 그녀에게 와서 먹을 것을 사 간다. "유리와 밀을 절반씩 빻아 만든 빵", 상처와 함께 또다시 일용해야 할 양식을. 많은 화가와 문인들에게 영감을 주었던 오필리아가 21세기 한국시에서 처절하고 고혹적인 사랑노래로 또다시 태어나고 있다.

진 은 영
1970년 대전 출생.
2000년 『문학과사회』 등단.
시집 『일곱 개의 단어로 된 사전』 『우리는 매일매일』.

꿈꾸는 눈사람

최 금 진

1. 열성당원

눈사람들이 산을 넘어와 나를 불러냈다
폭설이 땅을 갈아엎는 겨울로 갑시다
달빛이 고드름처럼 박혀 이마가 시원해지는
우리의 공화국으로 갑시다
접선장소는 산맥들이 바다로 남파되는 곳
싸락눈들이 쓰쓰쓰쓰, 모스신호를 날리자
속초, 고성, 통천, 나진, 블라디보스톡
코발트빛 이름의 마을들이 공중에 떠올랐다
빛나는 자작나무 가지들이 샛길과 오솔길을 데리고
어둠의 분계선을 넘는 동안
나는 어깨에 걸린 단풍의 시든 견장을 만지면서
마을을 내려다보았다
그날이 어서 왔으면 좋겠어, 폭설이 세상을 덮는 날
나는 막 외치고 다닐 거야,
눈사람 군대들이 온다아, 흰빛들이 온다아

2. 첫사랑

신실한 사람은 얼굴이 하얘지면 장가갈 준비가 된 거다
잘 익은 나를 지휘봉으로 톡톡 건드리면서 목사님은
섹스 체위법에 대해서는 한마디도 하지 않는다
얼굴이 하얀 사람은 착해야 하니까
너는 참 점잖구나, 명절 때마다 칭찬을 하던 가문의 여자들아
아름다움은 공포에서 온단다
성가대원들이 불러주는, 저 들 밖에 한밤중에
망각을 외투처럼 껴입고 기다리는 나의 신부는
내가 이불 속에 만들어놓은 눈사람
나이 많은 장로들이 지팡이를 짚고 나와 할렐루야를 외칠 때
내리는 눈을 맛있게 받아먹으며
나는 깨끗한 남편이 되어야 한다
가끔 소년 시절에 불렀던 유행가를 몽정처럼 눈 위에 뚝뚝 떨구며
아멘, 모든 것이 원하는 대로 되었습니다
얼굴이 하얘지면 잘 여문 성기를 감싸쥐고 장가를 가야 한다
흰 옷을 입고
제가 파놓은 눈구덩이 속으로 걸어가는 사람

3. 눈으로 뭉쳐진 사람들

헐렁한 햇살의 틈마다

호명하는 제 이름을 듣지 못하는 무료급식소 노인들이
햇볕에 몸 맡기고 있다
몸은 어디 가고 머리 허옇게 센 혼령만 남아
삼삼오오 앉아 있다
눈덩이 같은 주먹밥 몇 개가 저들을 오래오래 세워놓는다

4. 마흔 살

계획은 수정되었고, 과업은 완성되지 못했다
비트를 파고 은신하기로 한다
잡히면 약을 먹는다, 흰 피를 쏟으며
헛된 희망을 경계하라,
불온문서처럼 사방에 뜨거운 햇살이 뿌려질 것이다
자급자족하면서 때를 기다리다가
백화만발 좋은 세상 못 본다고 후회하지 말자
한세상 진짜
사람답게 살고 싶었다

　눈사람의 꿈은 길지 않다. 첫눈이 올 때쯤 시작되어 햇살이 따스해지는 시기면 서서히 흐려진다. 눈사람의 약사略史라 할 수 있는 이 시에서 '열성당원' 시절의 이야기는 박진감이 넘친다. "공화국" "접선장소" "남파" "모스신호" 등의 비밀스런 어휘가 이토록 기발하고 적절하게 재현될 수 있을까. 폭설이 세상을 갈아엎는 눈사람 공화국의 수립은 눈사람의 가장 뜨거운 꿈이었다. 열성당원이었던 청년기를 지나 눈사람은 첫사랑을 경험한다. 그는 "망각을 외투처럼 껴입고 기다리는" 눈사람 신부를 위해 "깨끗한 남편"이 되어야 했다. 몸은 이미 어디로 가고 "헐렁한 햇살"에도 녹아내리는 "오후의 눈사람"에게서 더 이상 열성당원의 꿈을 찾기는 어렵다. "계획은 수정되었고, 과업은 완성되지 못했다". 눈사람의 나이 마흔. "한세상 진짜/사람답게 살고 싶었다"는 그의 회고가 어쩐지 남의 말 같지가 않다. "사람답게 살고 싶"지만 뜻대로 되지 않는 것은 '진짜 사람들' 역시 마찬가지이기 때문이다.

최 금 진
1970년 충북 제천 출생.
2001년 『창작과비평』 등단.
시집 『새들의 역사』.

기울어진 아이 3

—물류창고

최 정 진

아버지가 '물류' 창고에 들어가 문을 잠근 날이면 나는 집 앞에 앉아 조그만 눈사람을 만들었다 시린 손에 입김을 불고 있으면 집 앞을 지나던 사람들이 눈길에 고꾸라지곤 했는데 넘어지는 게 아니라, 바닥에서 떨어지는 것처럼 보였다 바닥도 가파른 벼랑이라서 사람들은 손을 뻗어 힘껏 매달리곤 했다

창고의 '물류' 들은 부서져 있었다 창고 안을 기차 소리가 통과해 갔다 아버지는 멀리 떠나는 것일까 나는 잠긴 문 밖에 매달려 울곤 했지만, 집에서 떠난 것은 '물류' 들이었다 아버지는 창고바닥에 쓰러져 있었다 자신을 던지는 법을 모르는 사람들이 자신을 내던지면 빗맞게 마련이었다 아버지는 밤새 길을 잃고 헤매다 눈이 쌓인 산이 한 상자 가득 담긴 창고의 창문 아래서 쏟아져들어온 빛더미에 깔려 있었다 방으로 실려와 고열에 시달리는 아버지, 이불은 밤의 호주머니 같아서 아버지의 몸을 주워 담고 동상을 앓는 손가락의 푸른빛을 가렸다

창고에 들어가면 한참 나오지 않는 아버지가 미워서 나는 동네 입구의 공중전화에서 집에 장난전화를 걸곤 했다 어느 날은 불러도 대답이 없었는데 아버지는 정말 떠나버린 것일까 순간 아버지는 등 뒤에서 전화박스의 문을 당기고 있었고 문을 밀며 나는 버텼다 공중전화박스의 바닥에 눈이 녹아 흐르고 있었다 창고에서 '물류' 들이 부

서지는 소리는 자신을 버린 것들에게 아버지가 조난 직전에 타전한 모스부호였지만, 내 귀는 집 밖의 소리에 더 곤두섰다

'물류창고'에서 아무런 소리가 들리지 않는 날은 옷들을 염색하는 날이었는데 아버지는 창고에 가득 찬 약 냄새에 취해 쓰러져 있곤 했다 잠이 드는 게 아니라 물드는 어둠에 정신을 잃을까봐 나는 밤이 샐 때까지 방의 불을 켜두었다 앓는 소리로 올라야 하는 것은 산이 아니라 꿈이었고 아버지는 몸을 엎드린 채 암벽을 오르는 자세로 필사적으로 잠에 붙어 있었지만, 아버지의 몸이 이불 밖으로 나온 손을 데리고 달아나는 동상을 뒤쫓고 있는 것처럼 보였다 손가락의 푸른빛은 '물류'들에게서 물든 것이었다 나는 조그만 눈사람을 만들면 창고에 두었다 문을 열어보지 않아도 창고 안에서 녹는 것이 눈사람이 아니라 나임을 알 수 있었다

첫째 단락은 넘어지는 사람들 이야기. 핵심 이미지인 눈사람이 제시된다. 눈길에 고꾸라지는 사람들이 "바닥에서 떨어지는 것처럼" 보였다는 구절이 좋다. 일종의 도입부. 둘째 단락은 쓰러지는 아버지 이야기. "자신을 던지는 법을 모르는 사람들이 자신을 내던지면 빗맞게 마련이었다"라는 잠언풍 진술과 "이불은 밤의 호주머니 같아서"의 섬세한 묘사가 협연한다. 셋째 단락은 그런 아버지에 대한 나의 감정. 사춘기 부자관계가 응당 그렇듯 원망과 걱정이 뒤섞여 있다. 원망 때문에 집에 장난전화를 걸고, 걱정 때문에 "아버지가 조난 직전에 타전한 모스부호"를 알아듣는다. 넷째 단락은 마무리. 아버지가 "필사적으로" 삶을 견디고 있음을 깨닫게 될 무렵 나는 지금 녹고 있는 것이 눈사람이 아니라 나라는 것도 더불어 깨닫는다. 눈사람에서 출발해 눈사람에 도착하면서, 이 아이는 유년의 한 시절을 그렇게 통과했겠다. 이 한 편으로도 잘 씌어진 시이지만, 연작 전체를 함께 읽어보면 이 시인이 이성복의 「모래내 1978년」이나 기형도의 「위험한 가계 1969」 등을 어떻게 의식했고 어떻게 넘어섰는지를 따져보는 재미도 얻을 수 있겠다.

최 정 진
1980년 전남 순천 출생.
2007년 『실천문학』 등단.

체리에게

최 하 연

덩샤오핑이 주방에서 중국식 냉면을 삶는 동안 그녀는 거실 바닥에 앉아 검은색 매니큐어를 칠하고 있었다 처음엔 엄지발톱만 칠하기로 했다 열 번째 발톱까지 다 칠하자 고양이 발톱 스무 개를 마저 칠하고는 그녀는 심심해졌다 그녀는 배가 고프다고 소리쳤다 덩샤오핑은 냉면 위에 얹을 오이를 채 썰며 분명한 사건을 생각했다 냉면의 맛은 과연 어디에서 오는가 면이 삶아지는 동안 창밖에서 매미들이 일제히 울기 시작했고 다리 긴 홍학이 테라스에 앉아 이 모든 것을 지켜보고 있었다 홍학의 부리에 매니큐어를 칠하겠어요 그녀가 중얼거리며 일어서는 동안 우리의 덩샤오핑은 면발을 젓다 말고 리볼버 한 자루를 꺼냈고 한 손으론 냉면을 저으며 다른 한 손으로 창밖을 향해 두 발의 총탄을 쏘았다 첫 번째 총알이 어머니와 고리키 사이에 그려진 동그라미를 맞추자 책 먼지가 일었고 두 번째 총알은 소파에 걸쳐둔 보라색 슬립의 옆구리를 관통해 어디론가 사라져버렸다 bullshit! 덩샤오핑은 끓는 물에서 면발을 건져 올려 찬물에 헹구기 시작했고 검정 부리를 가진 홍학은 산의 서쪽으로 날아갔다 홍학이 사라지고 만 서쪽으로 산의 궁리가 조금씩 휘었고 그해 여름 산의 겨드랑이마다 염증이 생겼다 비가 오면 염증의 증세들이 사라졌다 오이채가 얹힌 중국식 냉면은 본차이나에 담겨 그녀 앞에 놓였다

　냉면을 삶는 나른한 여름, 게으른 여인의 신경질, 사내의 갑작스런 총질, 다시 고요한 냉면의 세계. 이런 것만으로도 시가 되나? 된다. 물론 문장의 뉘앙스를 갖고 놀 줄 아는 시인에 한해서다. 예컨대 이 시를 우리가 알고 있는 그 거물 정치인의 한 시절을 상상한 시로 읽어도 좋지만, 하필 '덩샤오핑'이라는 이름을 가진 어느 사내의 이야기로 읽어도 좋을 텐데, 후자라면 이 시는 덩샤오핑이라는 이름을 '탈맥락화' 해서 갖고 노는 시인 셈. 그 이름에 잔뜩 실려 있는 정치성과 이 시에 실려 있는 일상성이 서로 튕기면서 생기는 신선한 긴장감. '고리키'라는 고유명사와 그의 소설 제목 '어머니' 역시 마찬가지. 그러나 더 재미있는 독법은 이런 것. "냉면의 맛은 과연 어디에서 오는가"를 궁리하다가 문득 리볼버를 발사하는 이 괴팍하고 쿨한 사내는 어쩌면 '시의 맛은 과연 어디에서 오는가'를 궁리하다가 울화통이 터지고 만 시인의 분신이 아닐까. 어쨌건 "중국식 냉면"처럼 맛있는 시!

최 하 연
1971년 서울 출생.
2003년 『문학과사회』 등단.
시집 『피아노』.

단 한 번뿐인 일들

무엇이 일어났던 걸까
세계에는 단 한 번 일어났어야 하는 일들이
너무 많이 일어나고 있다,고
나는 생각한다.
쓸모없이 아무 쓸모도 없이.

당신의 도덕적 결심은
고기를 조금만 먹는 것,이고
나의 도덕적 결심은
고기를 조금만 먹는 당신을
미워하지 않는다는 것,이다.
갈고리에 걸린 살점들의 영혼을 잊고서
붉고 푸른 불꽃으로 살점들을 요리하는
나, 내가 물로 쓴 서명.

무엇이 그러니까 언제 일어났던 걸까
달리고 달려서 여기까지 왔다는 것은.
늦어버린 이어달리기의 소년처럼
아무 손도 내밀지 않은 막대를 찾아

끝없이 두리번거리고 있는
이어달리기의 소녀처럼.

수선공들은
지구의 건너편에서 망가진 트랙들을 고친다.
내가 먹은 살점들을
단물 빠진 껌처럼 씹고
자라는 아기들의 단순한 식욕,
아기들이 낳은 나.

그렇게 우리는 별들이 지나간 투명한 궤도를
돌고 있다,고 생각한다.
일억만 년 후에 혹은 일억만 년 직전에
쓸모없이 아무 쓸모도 없이.

  말라르메는 우리 삶을 가득 채우고 있는 우연을 견딜 수가 없어서 오로지 필연만으로 구성되는 시를 쓰려고 했었지. 반복될 수가 없는 유일무이한 책. 한편 밀란 쿤데라는 생이 한 번뿐이라는 건 나의 다른 생과 비교하고 평가할 수 없다는 뜻이기 때문에 그것은 살지 않는 것과 다르지 않다고 근심했었지. 반복되지 않는 삶의 참을 수 없는 가벼움. 이 시인은 반복이 가져오는 피로에 대해 몽롱하게 투덜댄다. 요리를 하면서, 고기를 좋아하지 않는 당신과 다투기를 반복하면서, 삶이 이어달리기라고 생각하면서, 어쩌면 지구의 수선공들이 늘 신속하게 반복의 트랙을 고치고 있는 것이라고 생각하면서, 내가 아이를 먹이고 아이가 나를 낳는다고 생각하면서, 이런 것들이 아무 쓸모도 없다고 생각하면서. 그러나 이것은 "단 한 번뿐인 일들"이 있기를 바라는 열망이 그만큼 크다는 뜻이겠지. 그만큼 유일무이한 의미와 가치들을 생에서 찾고 싶다는 뜻이겠지.

하 재 연
1975년 서울 출생.
2002년 『문학과사회』 등단.
시집 『라디오 데이즈』.

장기놀이

함 기 석

장기판에 미친 시계들이 놓여 있었다
히틀러는 시계로 장기를 두며 콧수염을 길렀다
그의 권총도 콧수염을 길렀다
그는 늘 권총을 사타구니에 달고 꽃사슴처럼 걸었는데
장기놀이 파트너 아이히만과 요제프 멩겔레는
그를 루돌프 히틀러라 불렀다

눈 내리는 크리스마스였다
루돌프는 눈썰매에 아이들을 가득 태워
과자와 사탕이 산더미처럼 쌓인 꿈의 동화마을로 데려갔다
아이들은 신나게 캐럴송을 불렀다
세상에서 가장 아름답고 멋진 새 옷을 선물받기 위해
알몸으로 줄을 서서 흰 건물로 들어갔다

포장을 뜯을 수 없는 기이한 선물을 하나씩 받고
아이들은 모두 검은 연기가 되어 굴뚝으로 나왔다
하늘에서 하얀 손이 하늘하늘 내려오는
이상한 동화마을 아우슈비츠였다
천국을 가리키는 예수의 손가락 같은 굴뚝에서

살 타는 냄새와 비명이 밤을 새워 흘러나왔다

배꼽 없는 밤이었다
죽은 물고기들이 밤하늘을 하얗게 떠다니고
상어잠수함과 폭격기들이 하늘을 자르며 날아갔다
장기판엔 장기가 놓여 있었다
소년의 눈도 간도 소녀의 접시꽃 가슴도 놓여 있었다
하늘의 갈라진 복부에서 죽은 시계들이 쏟아지고 있었다
눈이 뒤집힌 눈이 내리고 있었다

해 설 │ 김사인

함기석의 시는 팀 버튼의 영화처럼 경쾌하며 음산하다. 장기놀이는, 將棋놀이이면서 또한 臟器놀이의 동음이의어. '아돌프 히틀러'의 측근들은 그를 '루돌프 히틀러'라 주장한다. 그들이 데려가는 "과자와 사탕이 산더미처럼 쌓인 꿈의 동화마을"은 곧 "기이한 선물을 하나씩 받고/아이들은 모두 검은 연기가 되어 굴뚝으로" 나오는 아우슈비츠인 것. "예수의 손가락 같은 굴뚝에서/살 타는 냄새와 비명이 밤을 새워 흘러나"오고 하늘에서는 "눈이 뒤집힌 눈이 내리"는 이 "이상한 동화마을 아우슈비츠".

지금 여기는 어디인가. 독특한 연상의 문법과 이중의 함축을 통해, 함기석은 매우 비관적인 전망을, 관용화 된 앎들이 은폐하고 있는 세계의 다른 참상을 선명하게 드러낸다.

함 기 석
1966년 충북 청주 출생.
1992년 『작가세계』 등단.
시집 『착란의 돌』 『뿔랑 공원』.

보이저 1호가 우주에서 돌아오길 기다리며

함 성 호

―왜 유가 아니라 무인가?

어머니 전 혼자예요
오늘도 혼자이고 어제도 혼자였어요
공중을 혼자 떠도는 비눗방울처럼
무섭고 고독해요
나는 곧 터져버려 우주 곳곳에 흩어지겠지요
아무도 제 소멸을 슬퍼하지 않아요

어머니 전 혼자예요
오늘도 혼자이고 어제도 혼자였어요
고요히 솟아오르는 말불버섯처럼 홀씨처럼
어둡고 축축해요
나는 곧 지구 부피의 여덟 배로 자랄 거예요
아무도 이 거대한 가벼움을 우려하지 않아요

여기에는 좁쌀알만 한 빛도
쓰레기 같은 정신도 없어요
혼자 생각했어요

연기緣起가 없는 존재에 대해서
그리고 유연이야말로 우리가 믿는
단 하나의 운명이라는 것에 대해서

타이가의 호수에서 보았지요
안녕하세요? (하고) 긴 꼬리를 그으며
북반구의 하늘을 가로지르는 별똥별을
안녕? 나는 무사해
어둠이 내 유일한 인사였어요
이것이 내 유일한 빛이었어요

나의 우주에 겨울이 오고 있어요
나는 우주의 먼지로 사라져 다시
어느 별의 일부가 될 거예요

새로울
나의 우주는 아름다울까요?

혼자 생각해봐요
이 무한에 내릴 흰 눈에 대해서
소리도 없이,
소 · 리 · 도 · 없 · 이 · 내 · 릴 · 흰 · 눈
에 대해서

어머니 전 혼자예요
혼자 밥을 먹고 혼자 울지요
나는 어디에 있나요?
내가 지금 있는 곳이 어딘지
누구에게든 알려주고 싶어요

모든 것이 사라진 다음에도
아름다움은 있을까요?

거기에, 거기에 고여 있을까요?
존재가 없는 연기緣起처럼
검은 구멍처럼

어머니 전 혼자예요
쇠락하고 있지요

1977년에 발사되어 지금도 태양계 어딘가를 탐사하고 있는 보이저 1호는 2020년이 지나 지구와 교신이 끊어지면 결국 우주를 떠돌다가 버려지게 된다. 여기서 시인의 질문. 보이저 1호는 무인탐사선이지만, 만약 거기에 사람이 타고 있었다면? 상상을 허락하지 않는 그 막막함을 과연 시로 옮겨놓을 수 있을까? 이 시가 그 대답이다. 아마도 그 막막함의 세계에서는 천문학과 존재론이 분리되지 않을 것이라는 짐작이 이 시인에게는 가장 사무쳤던 모양. 그래서 이 시는 일반적인 물음을 뒤집는다. '왜 무가 아니라 유인가?' 라는 일반적인 존재론적 물음을 "왜 유가 아니라 무인가?"로 뒤집으면서 시작하는 도입부, "연기緣起가 없는 존재"에 대한 일반적인 불교적 상상을 "존재가 없는 연기緣起"로 바꿔치는 후반부 등이 그렇다. 누구든 우주에 혼자 남는다면, 그래, 질문이 그렇게 바뀔 수도 있겠구나 싶다.

함 성 호
1963년 강원 속초 출생.
1990년 『문학과사회』 등단.
시집 『56억 7천만 년의 고독』 『꽃 타즈마할』 『너무 아름다운 병』 등.

순간

허 만 하

고원이
번쩍 번득이는 순간이 있다
풀잎이 일제히 뒤집어지기 직전.

바다가 갑자기 고요해지는 순간이 있다
바다가 남몰래 자기 몸을 씻는 때다
씻을수록 명징해지는 푸른 물빛.

　시인이 가장 만나고 싶어하는 것은 사물이 자신의 본질을 현시하는 순간이다. 현상 너머에 있는 감추어졌던 존재의 근원. 그것은 미묘한 '틈'이나 '순간'에 언뜻 드러날 뿐이다. "고원이/번쩍 번득이는 순간"이나 "바다가 갑자기 고요해지는 순간", 숨죽이고 그것을 응시할 때 만나는 장면은 존재의 맨얼굴이다. 바로 그때, 드러나지 않았던 풀잎의 뒷면이 일시에 반짝이고 바다의 속살이 내비친다. 시인이 이토록 극미한 순간에 몰입하는 것은 가장 순수한 언어를 구사하기 위해서다. 본질을 온전히 드러낼 수 없는 언어의 근본적 한계를 절감하며, 언어의 벼랑 끝에서 잠시 만나게 되는 그 한 순간을 포착하기 위해서다.

허 만 하
1932년 대구 출생.
1957년 『문학예술』 등단.
시집 『해조』 『비는 수직으로 서서 죽는다』 『물은 목마름 쪽으로 흐른다』 『야생의 꽃』 『바다의 성분』 등.

아름답고 멋지고 열등한

황 병 승

사랑해 당신을 너무 사랑해 밤하늘의 달과 구름 어둠 속에 스러져 가는 이름 없는 별들조차 당신을 애타게 부르고 땅 위의 모든 짐승들과 숲과 호수와 들판의 버려진 꽃들조차 당신을 보고 싶어해 당신 없는 세상은 무덤 속의 좀비 얼간이 끓어오르는 오물통 당신과 함께라면 그 어떤 재난도 불행도 아름답고 황홀하겠지 나 미쳐 보여? 당신을 너무 사랑해서 나 미쳐 보여? 도무지 믿기지가 않아 이토록 누군가를 사랑할 수 있다니…… 그래요, 나 역시 숨이 막힐 것 같아 당신의 모습이 한순간도 떠나질 않고 지금, 여기, 눈앞에 당신이 있다는 사실조차 믿을 수 없을 만큼 놀랍고 신기해 그 어떤 고통도 두려움도 씻은 듯이 사라져버려 어째서, 어째서 우리에게 이런 기적과도 같은 일이 벌어진 것일까요……

악마 새끼들

'물속의 물고기들은 목마르지 않아서 좋겠다' 라고 혼자 되뇌었다

—하지만 당신과의 관계를 엄마가 알게 된다면 당장에 다리몽둥이가 부러질 거예요
—걱정하지 마 그녀가 당신을 해치기 전에 내가 먼저 그녀를 없애

버릴 테니까

　―그만둬요 바보같이…… 엄마를 죽인 남자와 섹스하고 싶진 않
아

　―무슨 소리야 그러면 나는 앉은뱅이랑 한 침대에서 자고 싶을 거
라 생각해?

　'저기 봐, 밤이 오고 있어'

　이것은 숨죽인 살쾡이가 말했지

연극적이고 장식적인 사랑의 대화들을 공들여 늘어놓고서는 한마디 한다. "악마 새끼들." 이 당황스러운 단호함에서, 이상하게도, 시적인 쾌감을 느끼게 된다. 저 대화의 주인공들을 겨냥한 듯 씌어진 "물속의 물고기"라는 표현은 둘만의 세계에 갇혀 있는, "아름답고 멋지고 열등한" 연인들을 향한 조롱일까. 그러고서는 진짜 대화는 이런 것이라는 듯 '괴상하고 웃기고 쓸쓸한' 대화가 이어진다. 아마도 이 시인만이 쓸 수 있는 문장들. '시적인 것'에 대한 고정관념을 눈부시게 해체해온 이 시인이 어쩐지 최근에는 예전만큼 시를 많이 쓰고 있지는 않지만, 이런 소품에서도 그의 재능은 여전히 빛난다.

황 병 승
1970년 서울 출생.
2003년 『파라21』 등단.
시집 『여장남자 시코쿠』 『트랙과 들판의 별』.

나의 균열

황 인 숙

월요일이 아니면 화요일에
더러는 수요일에
어느 땐 목요일에
주로 금요일이나 토요일에
오천 원어치 한 장을
때로는 한 장을 더 얹어
구매했노라
그 '한 장 더'가
앞의 한 장을 망치는 게 아닐까
운명의 조합을 헝클어뜨리는 게 아닐까
진지하게 주저하면서
이러나저러나 로또는
번번이 꽝
그러니 드느니
노벨문학상은 왜 공모를 안 하는 걸까
노벨신인문학상이라도 제정하지 않을까
요따위 생각뿐
(쯧쯔, 그건 뭐 로또 당첨보다 쉬울 줄 알고?)

모레가 미국 대선인데,
매케인이 당선될 확률은
운석에 맞아 죽을 확률보다 낮다고 한다
매케인이 당선되고, 그다음
운석에 맞아 죽는 거 아니야? 크크……
그럴 확률보다 더 낮은
목숨 얻어 태어날 확률
오, 장하도다, 그 확률을 오래전 뚫은 두 손으로
오늘도 꽝인
로또를 찢으며

클클, 시인의 해학이 경지에 올랐군, 하고 웃고 넘어가다가 발목을 잡는다. 익살을 가장한 비애가, 그 비애를 날것으로 드러낼 수는 없는 우리의 자존심이 이루어낸 말투의 표정. 그리하여 더욱 비애스러운.

그러나 그것에 결코 호락호락 자신을 넘겨주는 법이 없는 이 발랄한 감각과 상상력이야말로 시인의 긍지일 터이다. 시인은 '말함(시 씀)'으로서 '날 현실'을 인식하고 변용하여, 이겨낸다. 그에게서는 김삿갓의 파자시들에서 보이는 방일放逸과 풍자의 냄새가 난다. 이백의 시적 분방함이 실은 깊은 현실적 아픔과 비애의 다른 표정임은 익히 알려진 일.

"이러나저러나 로또는/번번이 꽝"이어서야, 이 구차스러운 나날의 굴욕스러움을 시인들은 무엇으로 끝낼 것인가. 시인들은 대체 어디서 돈을 마련해야 하나. 오죽하면 제목이 '나의 균열'일까.

황 인 숙
1958년 서울 출생.
1984년 『경향신문』 등단.
시집 『새는 하늘을 자유롭게 풀어놓고』 『슬픔이 나를 깨운다』 『우리는 철새처럼 만났다』 『나의 침울한, 소중한 이여』 『자명한 산책』 『리스본行 야간열차』 등.

2009 현장비평가가 뽑은 올해의 좋은 시

지은이 | 고형렬 외
펴낸이 | 양숙진

초판 1쇄 펴낸날 | 2009년 7월 30일

펴낸곳 | ㈜현대문학
등록번호 | 제1-452호
주소 | 137-905 서울시 서초구 잠원동 41-10
전화 | 516-3770
팩스 | 516-5433
홈페이지 | www.hdmh.co.kr

ⓒ 현대문학 2009

값 9,000원

ISBN 978-89-7275-442-8 03810